Enrico Meilahc, Ludovico Halèvy

Barba-blù

Opera buffa in tre atti e quattro quadri

Antigonos

Enrico Meilahc, Ludovico Halèvy

Barba-blù

Opera buffa in tre atti e quattro quadri

Ristampa immutata dell'edizione originale del 1869.

1ª edizione 2024 | ISBN: 978-3-38663-503-5

Antigonos Verlag è un marchio della Outlook Verlagsgesellschaft mbH.

Verlag (Editore): Outlook Verlag GmbH, Zeilweg 44, 60439 Frankfurt, Deutschland
Vertretungsberechtigt (Rappresentante autorizzato): E. Roepke, Zeilweg 44, 60439 Frankfurt, Deutschland
Druck (Tipografia): Libri Plureos GmbH, Friedensallee 273, 22763 Hamburg, Deutschland

BARBA-BLU

OPERA BUFFA

IN TRE ATTI E QUATTRO QUADRI

DI

ENRICO MEILHAC E LUDOVICO HALÉVY

MUSICA DI

GIACOMO OFFENBACH

LIBERAMENTE TRADOTTA IN ITALIANO

DA

FEDERICO MASTRIANI

NAPOLI

TIPOGRAFIA DEL PROGRESSO

Strada S. Sebastiano, num. 51.

1869.

PERSONAGGI

Il Sire di **Barba-blù**
Il Re **Bobéche**
Il Conte **Oscar**, cortigiano
Popolani, alchimista
Il Principe **Saffro**
Alvarez
Un notaio
Boulotte, contadina
Clementina, moglie di Bobèche
Ermia, figlia del re : al primo atto contadina
   col nome di Fiorina

<table>
<tr><td>Eloisa</td><td rowspan="5">} mogli di Barba-blù</td></tr>
<tr><td>Rosalia</td></tr>
<tr><td>Laura</td></tr>
<tr><td>Eleonora</td></tr>
<tr><td>Bianca</td></tr>
</table>

Due contadine
Due Paggi
Un fanciullo

CONTADINI, ARMIGERI, CORTIGIANI

ATTO PRIMO

QUADRO I.

Una via di campagna — A prima quinta a destra capanna di Safiro, con finestra praticabile — A fianco di questa porta una panca — A sinistra la capanna di Ermia — A fianco della porta una finestra, sul cui davanza'e c'è una gran cesta bislunga ripiena di fiori — Vicino alla capanna un grazioso pergolato — In fondo una montagna praticabile, che comincia dal mezzo, segue da dritta a sinistra, e viceversa — In alto della montagna si vede su una roccia il castello di Barba-blu' — Fa giorno

SCENA I.

Safiro (vestito elegantemente da contadino poi **Ermia**.

SAF. Or si risveglia l' alma natura,
Ed esce il sole dal monte fuor :
Dell' ape il canto per l'aria pura
Si sente, e il gallo e il bove ancor.

Fa giorno. La pastorella che io amo non è venuta ancora. (*mostrando la capanna di Ermia*.) Essa è là... Fiorina. cara Fiorina ! Avvertiamola della mia presenza con qualche modulazione. (*comincia a suonare il flauto, che dà il suono d'un trombone*) Che è ciò ?... Via tanto meglio, mi sentirà più facilmente. (*suona ancora. Esce Ermia*)

A DUE Così pur sempre volo al suo seno,
Corriamci incontro ogni mattin :
(Egli mi chiama col suono ameno.
(A me la chiamo col suono ameno,
E insieme erriamo qui pel giardin.

ERM. 'Nsieme ognor
Pien d' amor,
Favellando dolcemente,

Noi veniam,
Ed andiam.
Quì nel bosco lentamente :
In april
Quel gentil
Dice ch' ama la natura ;
Solo allor
Campo e fior
Prendon forma lieta e pura.
Dunque amiam,
E godiam ;
È l' amor fiamma gradita,
Chè quaggiù
Non c' è più
Altra gioia nella vita !...
In un bosco
Oscuro e fosco,
'Nsieme entriam.
Ci ascondriam....
Una man
Prende... e invan
Dico io lì :
— Basta quì !

A DUE

'Nsieme ognor
Pien d' amor,
Favellando dolcemente.
Noi veniam,
Ed andiam
Quì pel bosco lentamente.
Dunque amiam,
E godiam :
È l' amor fiamma gradita,
Chè quaggiù
Non c' è più
Altra gioia nella vita !
Ah, carino !
Il poverino
Fa lo sciocco,
Fa l'allocco;
Ma il birbante
Un istante

Sta così ;
Ma poi li...
Dice cosa...
Amorosa...
Che mi fa
Restar là...
Palpitar...
Sospirar
E arrossir
Dal gioir...
L' odo ognor,
Nè ho timor
D'ascoltar;
E così mi fo a parlar :
Bella è inver la primavera,..
Primavera !
Arrossisce...
Pallidisce...
Ed io sento
Qui nel core alto contento !
Colpa ell' è di primavera...
E mi dice quel ch' io bramo
In trasporto ei dice : T' amo!
Egli m' ama !
Egli m' ama !

A DUE 'Nsieme ognor
Pien d' amor,.
Favelando dolcemente,
Noi veniam,
Ed andiam,
Qui nel bosco lentamente.
Dunque amiam,
E godiam ;
É l' amor fiamma gradita :
Chè quaggiù
Non c' è più
Altra gioia nella vita !

ERM. Egli è beato !
SAP. Ell' è beata !
EMR. L' innamorato !
SAP. L' innamorata !

Erm.	Ogni mattin...
Saf.	Qul nel giardin...
Erm.	Noi ci troviam...
Saf.	E ripetiam ..
A due	Io t'adoro... noi ci amiam !

Erm. Va benissimo : tutto ciò è molto bello, ma io credo che non sarebbe cattivo discorrere un poco.

Saf. Discorriamo.

Erm. Saprai che vi sono molti pastori che mi han corso appresso.

Saf. Non posso negarlo : voi siete assai bella per non...

Erm. Figlia d'un vecchio soldato che mi lasciò in eredità l'onor suo, ed il suo mestiere di venditor di fiori, io ho pensato scrupolosamente all'uno ed agli altri.

Saf. Ne convengo.

Erm. Alcuni hanno tentato di sedurmi con regali..... Tu sai come li ho ricevuti. Ho detto a me stessa : L'uomo che io sceglierò sarà ingenuo, e senza preamboli andrà dritto allo scopo.

Saf. (fra sè) Diavolo !

Erm. Ho scelto te.... tu sei ingenuo.... però sembra che tu non ti dia gran pena per andare dritto allo scopo.

Saf. Non capisco.

Erm. Non c'è nulla che sia difficile a capirsi. Tu non parli di matrimonio.

Saf. Matrimonio !...

Erm. E che avete supposto ?

Saf. In quanto a me... non cercherei di meglio; ma la mia famiglia...

Erm. La famiglia ! La famiglia d'un pastore !

Saf. Ah !...

Erm. Che vuoi dire ?... Spiegati.

Bou. (*di dentro*) Olà... attento agli ubbriachi.. mordili... mordili , mio bel cane, senza misericordia.

Saf. Più tardi... più tardi... Non senti?

Erm. Si... è Boulotte.

Saf. Mi fa paura colei...

Erm. Anche a me.

Saf. Mi fa paura, perchè essa mi ama, e poichè io non la corrispondo , vuol sempre battermi. (*vuole andare con Ermia*) Ritiriamoci.

Erm. Ritiratevi in casa vostra !... Ma noi riprenderemo questa conversazione.

Saf. Sicuramente.

Bou. (*c. s.*) A rivederci , mio cane ; attento alle bestie ! Io ho qualche cosa a fare...

Saf. (
Erm. (} Boullotte ! È Boullotte. (*viano*)

SCENA II.

Boulotte sola

Vi sarà forse tal pastorella
  Che per la gregge val più di me ;
Più riservata, forse più bella ;
Ma più fraschetta certo non v' è...
    Per una botte !
No, non ci sta chi può eguagliar
  Giammai Boulotte,
Quando si tratta di folleggiar !
Ma si sa bene ch' ogni fraschetta
  Sente bisogno d' un fraschettin ;
Lo tengo io pure, ma per disdetta,
Mi fa il ritroso quel biricchin !..
    Per una botte!
No, non dovrebbe rigore usar,
  Con me, Boulotte,
Unica e sola nel folleggiar !

Ogni giorno è così : vengo a cantar qualche cosa sotto la finestra di quel birbante, pel quale io muoio d'amore !... Ed egli finge di non sentire ! Aspetta che voglio servirlo io ! *(getta una pietra alla finestra : si spezza un vetro)*

SCENA III.

Saffro e detta

Saf. *(alla finestra)* Ancora voi !

Bou. Sì.

Saf. Non volete lasciarmi in pace ?

Bou. No.

Saf. Aspettate, che ora scendo. *(chiude la finestra)*

Bou. Non domando di meglio. Adesso lo vedrete, e mi direte s'egli é possibile non innamorarsi di quel bel garzone.

Saf. *(uscendo)* Ebbene, che cosa volete da me?

Bou. Voglio dirvi che v'amo.

Saf. Me lo diceste anche ieri, non più tardi delle quattro e mezzo, e vi ho risposto che perdevate il vostro tempo.

Bou. Lo so ; ma questo non m'impedisce di amarti. Io t'amo per moltissime ragioni Primamente, c'è del mistero nella tua vita. Un bel giorno tu hai comprata questa capanna. D'onde vieni ? Chi sei ?... Nessuno lo sa... Gli altri io li conosco ; ma te io non conosco e ti vorrei conoscere. E poi tu non sei un pastore come gli altri... Chi è che ti ha cucito un giustacuóre di raso come il tuo ? Non è stato certo il sarto del villaggio.... I tuoi capelli sono ben pettinati, le tue mani sono bianche... ecco perchè t'amo.

Saf. Non v'è niente di dispiacevole in tutto ciò che mi dite ; ma io non vi amo.

Bou. Perchè ?

Saf. Non ho spiegazioni a darvi.

Bou. Io lo so : egli è perchè tu ami quella smorfiosetta che abita là.

Saf Fiorina ?

Bou. Si, Fiorina, la pastorella attillata. Ma sta pur tranquillo, che la prima volta che la incontro, le amministrerò uno de miei pugni...

Saf. Voi non lo farete !

Bou. Ti assicuro che lo farò... Ma non ci occupiamo di lei, occupiamoci di noi.

Saf. Che volete dire ?

Bou. Abbracciami.

Saf. Oh !

Bou. Abbracciami all' istante!

Saf. V' ho detto di no, e...

Bou. Non fare smorfie... Ah, tu non vuoi abbracciarmi... (*riversando la maniche*) Non lo vuoi? No ? (*corre verso lui*)

Saf. Non vi avvicinate... Starò in guardia...

Bou. È lo stesso... Assolutamente non lo vuoi?

Saf. No !

Bou. Uno... due...

Saf. No ! (*Boulotte corre su lui, e viano pel fondo a dritta*)

SCENA IV.

Popolani, poi il Conte Oscar

Pop. (*pensoso*) Vengo qui per trovare una donna che sia degna del premio della castità.... Se ve ne sono... Ma se poi non ce ne sono...

Con. Oh, Popolani...

Pop. Sua Eccellenza..... (*s' inchina profondamente*)

Con. Alzati, te lo permetto.

Pop. Il conte Oscar qui ! Qui il gran cortigiano di S. M. il re Bobéche !

Con. Sì.., ma, silenzio.

Pop. Non parlo più.

Con. Ho piacere di rivederti... Due vecchi ca-
merati...

Pop. De'quali l'uno è salito più alto dell'altro..

Con. È vero.. Tu sei rimasto l'alchimista di
Barba-blù ; ed io sono gran cortigiano del re.

Pop, Come avete ottenuta quest'alta posizione?

Con. Per mezzo delle donne...

Pop. È un mezzo come un altro !

Con. E tu sei contento ?

Pop. Non ho di che dolermi: ma il mio nome
non lascerà veruna traccia nella storia; mentre voi.

Con. Ah, non invidiarmi ! Se tu sapessi !

Pop. Così si dice sempre, ma...

Con. Parliamo d'altro. Bisogna confessare che
il tuo padrone è svelto nelle tue faccende...

Pop. (turbandosi) Come ?

Con. Che cosa può fare egli mai di tutte le
sue mogli ? Cinque in tre anni, poichè io credo
che adesso egli sia vedovo...

Pop. Da giovedì.

Con. L' affare è curioso !

Pop. Dite che è serio.

Con. Hai ragione : e potrebbe anche destar
de' sospetti.

Pop. Ma... v' ingannate... ve l' assicuro...

Con. So che non bisogna mai esaminare troppo
da vicino la condotta de' possenti baroni...Se si
trattasse di qualche semplice borghese.... Basta
parliamo d'altro... Che cosa sei venuto a far qui?
- Pop. A cercar una donna,... Sì, è una fanta-
sia del mio padrone... Vuol coronare la più virtuosa fra le donne del villaggio !

Con. Piacesse a Dio che non avesse mai altri-
menti impiegato il suo tempo!

Pop. Ho fatto un piccolo proclama : tutte le
giovinette del villaggio sono avvertite, e saran-
nò qui fra un quarto d' ora.

Con. Le giovinette del villaggio ! E sei sicuro di trovare fra loro...

Pop. Sicuro... ma...

Con. Bah ! C'è sempre il mezzo d'essere cer-
ti... Io, allorchè il mio padrone, il re Bobéche,
ha voglia di dare il premio della virtù, tengo il
mezzo sicuro per trovare una donna che ne sia
degna.

Pop. E quale ?

Con. Riunisco un certo numero di giovanette,
e faccio tirare a sorte fra loro.

Pop. Ma questa è una idea...

Con. Eccellente, poichè risponde a tutte le e-
sigenze. Se non v'è una donna virtuosa, si tro-
verà egualmente ; se ce n' ha più d' una, se ne
prende una, senza destar gelosia nelle altre.

Pop. È vero ; mi varrò de' vostri consigli.

Con. E farai bene. Parliamo d' altro.

Pop. E di che parleremo ?

Con. Parliamo di quello che io vengo a fare
qui. Vengo a cercare una principessa.

Pop. Quale ?

Con. La figlia del re, mio padrone.

Pop. Non capisco...

Con. Capirai. Son diciotto anni il re ebbe una
figlia, dopo tre anni un figlio. Non appena nac-
que il maschio, l'idea di lasciare il trono ad una
donna divenne insorportabile al re, poichè voleva che il figlio e non la figlia regnasse. Io gli
proposi di adottar per noi la legge salica, ma il
re mi rispose di non voler porre le mani su

costumi de' nostri padri , e disse essere meglio sbarazzarsi all' intutto della bambina. Detto fatto. La fanciullina fu posta in una cesta; la cesta fu posta nel fiume... e dopo...

Pop. E poi... va al passeggio !

Con. Védo che tu capisci le cose a volo. Disgraziatamente il principino non fece sperare grandi cose di sè. Appena uscito dalle braccia della balia, e delle altre donne, per farlo diventare un uomo, egli vi si spinse nuovamente, e finì col diventare un idiota! Impossibile pensare a confidargli i destini di centoventi milioni d'uomini! In altra epoca non sarebbe stato meraviglioso ; ma oggi con le idee nuove, e gli spiriti riformatori...

Pop. Il comunismo...

Con. Non me ne parlare ! Il re si trovava in un bell'imbroglio : allora Clementina...

Pop. Come, Clementina...

Con. La regina, voleva dire. Dunque , la regina Clementina si ricordò ch'ella ebbe una figlia, e il re allora voltosi a me , mi disse in tuono secco : — Conte Oscar, vi do ventiquattrore per trovare mia figlia.—All' istante medesimo partii.

Pop. E troverete la principessa ?

Con. Lo spero·

Pop. Ma se non la trovate ?

Con. Prenderò la prima contadina che mi capita fra' piedi , e la depositerò sugli scalini del trono. Ma ti ripeto che spero ritrovare la vera principessa. Ho raccolto il consiglio superiore dei ponti e strade ed ho messa avanti questa domanda: — Una cesta messa in un fiume, corre diritto al mare ? — Sì, mi si è risposto ; a meno che sul fiume non vi sia un posto di dogana — E sol nostro fiume ce n'è ? — Sì, in faccia al castello di Barba-blù. — Ecco perchè sono quà.

In questo luogo si è fermata la cesta, qui la principessa è stata raccolta.

Pop. Molto ben ragionato.

Con. Egli è ragionando così che sono arrivato a governare gli uomini... ragionando così, e profittando di tutte le occasioni che mi si sono presentate.... Adesso mi si presenta una delle più fortunate occasioni. Questa riunione di fanciulle, per iscegliere la più virtuosa...

Pop. È vero! (*esce Safro perseguitato da Boulotte: corre alla capanna, e si chiude*)

Bou. Oh, l'ho sbagliata !

SCENA V.

Boulotte e detti

Pop. Oh, Boulotte !

Bou. Oh, il signor alchimista !

Pop. Che cosa facevi ?

Bou. Un poco d'esercizio prima di far colezione.

Con. (*abbracciandola*) Che bella ragazza !

Pop. (*abbracciandola*), Lo credo io !

Bou. Ohè, ohè,.. voi mi stuzzicate...

Pop. (*piano al Conte*) Fatene la principessa reale.

Con. (*piano*) Diavolo ! Fanne la premiata !

Pop. (*piano*) No, davvero; si ciarla troppo sul suo conto !

Con. Non mi fa meraviglia ! Che bella ragazza !... (*c. s.*)

Pop. Magnifica ! (*c. s.*)

Bou. Ohè,... basta ! Mi fate ridere !

Con. Ascoltami, adorabile donnina. Se per caso qualche giorno, io andassi a caccia e mi fermassi presso la vostra capanna... non è che una supposizione..... avreste qualche cosa da offrire ad un cacciatore affamato?

Bou. Per far colezione? (*facendo la riveren-za*) Ma io vi darò tutto quello che vorrete, mio bel signore.

Pop. Ora la riconosco. (*musica interna*) Ecco le giovanette, e con esse tutto il villaggio!

SCENA VI

Il **Notaio**, contadini d'ambo i sessi, un fanciullo (**Boulotte** va a sedere sulla panca presso la capanna di **Saffiro**)

Coro Ci comanda l'intendente
  Sulla piazza di venir,
  Chè una cosa sorprendente
  Ei ci deve far sentir.

Pop. A tutti voi che vi trovate quà,
  Popoluni vi dice quel che sa.
  Dico a voi l'alto voler
  Del gran sir di Barba-blù
  Per la sete del piacer,
  Grande e celebre di più!
  Ei mi disse... attenti a me...
  — La virtù vo' coronare...
  Molto equivoco è l'affare...
  Chè parere, esser non é!
  Ed io dunque in questo dì
  Voglio fare una pazzia;
  Metteremo in lotteria
  Le donnette che son qui.
  V'affrettate il nome a dar
  A quel caro tabellione,
  Acciò, senza confusione,
  L'estrazion si possa far.
  Questo qui è l'alto voler
  Del gran Sir di Barba-blù
  Per la sete del piacer
  Grande e celebre di più.

Coro. Questo qui è l'alto voler, ec.

*(si situa una tavola a sinistra. Il Notaio vi sie-
de, e si dispone a scrivere i nomi)*

Pop. Contadine, presto andiam ;
   Fate porre il vostro nome,
    Ed il cognome.
Coro di donne *(andando dal notaio)*
   Prendi il mio nome,
   E il mio cognome...
   Mio bel notar,
   Gentil notar,
  Bagna la penna nel calámar !

(Il notaio scrive i nomi di tutte le donne)

Bou. *(alzandosi, e restando pensierosa fra sè)*
   Vado, o non vado ? Che fare dovrò ?
   Ecco nel core qual domanda io fo...
   Nulla avrà mai, chi nulla vuol rischiar.

(volgendosi al notaio)

   Scrivete il nome mio, caro notar.
Coro d' uomini. Come ! Boulotte ! Pensaci su...
   Qui dassi un premio alla virtù
Coro generale. Come ! Boulotte, pensaci su...
   Qui dassi un premio alla virtù !

*(le donne circondano Boulotte, cerca svinco-
larsi)*

Bou. Per bacco, dunque ! Siete voi stesse
  Ch' ora v' unite per contrariar
   D' appressar !
  Non fate chiasso, mie principesse,
  Che se la collera a me verrà,
   Si vedrà !
  I proprii dritti ciascuno tiene :
  Quest' alto onore ciascun vorrà,
  Anch' io lo voglio. Io credo bene,
  Se desso a sorte si tirerà.

  É ver che a qualche galanteria
  No, non mi prende nè gran dolor,
   Nè rossor...

In me non trovi bigotteria,
Ma schietta, franca, sana virtù,
Chè val più!
Boulotte dritti anch' essa tiene,
All' alto onore che ognun vorrà...
Anch' io lo voglio, lo credo bene,
Se desso a sorte si tirerà.

(dà il suo nome al notaio)

Pop. (al notaio) Avete scritti tutti i nomi ?

Not. Si signore.

Pop. Ci vorrebbe una cesta,..

Una cont. Eccone una. (prende la cesta dal davanzale della finestra di Ermia)

Pop. Chi la terrà ?

Con, Io, se non vi dispiace.

Pop. Vi degnereste, signore... (piano) Ebbene non riconoscete...

Con. (piano) Fino a questo momento no...... Ma con tutto ciò ardo... Vi è qualche cosa che mi dice che io ardo.

Pop. (piano) Via, tanto meglio. (il notaio mette i nomi scritti nella cesta) Il sorteggio annun-nnnziato avrà luogo in questo momento. Il primo nome tirato guadagnerà la rosa; il primo , capite ? Gli ordini del mio padrone sono che immediatamente dopo il sorteggio, la favorita della fortuna venga accompagnata con gran pompa in casa sua, e rivestita da abiti sontuosi. Poscia ella verrà condotta alla presenza di Barba-blù , che la coronerà di sua propria mano... Attente , signorine, s' incomincia. Per tirare la donna premiata, vi è d' uopo d' una mano innocente.

Bou. La mia.

Tutti. La mia... la mia...

Pop. Voglio dire la mano d' un fanciullo. Oh, eccone uno appunto. Avvicinati, ragazetto, non aver paura.

IL FAN. Non oso...

UNA DONNA. (*spingendolo*) Va, figlio mio, e procura di far vincere tua madre.

POP. Non aver paura, mio piccolo amico: prendi una delle cartoline che sono in questa cesta.

IL FAN. Ecco signore.... ecco.... (*prende una carta, la dà a Popolani, e torna presso la madre*)

POP. (*leggendo*) Boulotte !

CORO.
    Buona notte !
    Ell' è Boulotte !.,.
    La meraviglia è forte !...
    Ci fa davvero sbalodir...
    Amica ebbe la sorte
    Noi la dobbiamo riverir.

CON. (*che avrà esaminata con crescente emozione la cesta*)

    Oh, prodigio ! È questa, è questa !
    Riconosco io ben tal cesta
       Di chi, di chi!
       È questa cesta ?
CORO.   Cotèsta cesta ?
CON.   Di chi ?
CORO.   Di chi?
CON.   Sì, sì, sì, sì !
BOU.   Ella è la cesta di Fiorina,
CORO.   Ell' è la cesta di Fiorina,
    Di cui la casa è a noi vicina.
CON.   Mi basta ciò... basta ora qui...
    Andate tutti... tutti... sì, sì !
CORO.   Tutti, e perchè ?
CON.   Tutti, sì, sì...:
CORO.   Dunque, andiamocene di qui,
    Tutti, sì, sì !

(*Popolani, che ha colte delle rose bianche, le dà a Boulotte, poi le dà la mano, ed esce in compagnia di tutti*)

2

SCENA VII

Il Conte, poi Ermia

Con. Strano ! Strano !..... Hanno detto Fiorina ! *(ripone la cesta e batte alla porta di Ermia)*

Erm. Che volete ?

Con Voglio dirvi due parole., bella fanciulla.

Erm. Volete comprar dei fiori ?

Con. Pel prezzo che vengo ad offrirvi, non po-
tresti mai trovare abbastanza fiori da darmi.

Erm. Se volete dirmi cose che possono me-
nomamente offendore l' onore, vi consiglio di ti-
rar dritto per la vostra via.

Con. Voi non mi capite.

Erm. Spiegatevi dunqne.

Con. Di chi siete figlia ?

Erm. Di Licisco ; un degno vecchio...

Con. Non avete mai inteso a dire che quel
bravo vecchio non era vostro padre ?

Erm. Sì, da qualcheduno.

Con: E non vi sono venuti de' dubbii ?

Erm. Ma io non ho veduto in tutto ciò che uno
scherzo.

Con. Avreste dovuto vedervi ben altra cosa..
Ricordatevi... ricordatevi...

Erm. Che volete dire ?..... Mi ponete in ap-
prensioni...

Con. Ritornate col pensiero ai primi anni della
vostra giovinezza... un palazzo... un gran palazzo.... guardie con corazze di oro.... donne con
acconciature abbaglianti...cavalieri... ed in mezzo,
con la corona in capo , un marito che si bistic-
cia con la moglie... Lusso e splendore, miseria
e vanità... una corte ! Ricordatevi, ricordatevi..

Erm. Sì... sì... mi ricordo...

Con. E più tardi... senza alcuua transazione ...

un gran brivido di freddo ... acqua dappertutto il fiume d'ogni intorno : a diritta e a manca le rive del fiume, e al disopra il cielo... Al disotto del cielo, ma sul fiume , una cesta , che va, viene. tentenna... in quella cesta una fanciullina.. Ricordatevi. ricordatevi...

Erm. Sì... sì... mi ricordo...

Con· Non una parola : voi siete la principessa Ermia, siete la figlia del re. mio padrone.

Erm. La figlia...

Con. *(inginocchiandosi)*Del re Bobéche.

Erm. La figlia del re Bobéche !... Però , per quanto poco io sappia di politica , so che il re Bobéche ha un figlio. *(facendo alzare il Conte)*

Con. Il principino vostro fratello.

Erm. Più giovane di me.

Con. Più giovane di Vostra Altezza.

Erm. Dunque è la Mia Altezza l'erede presuntiva della corona.

Con. Egli è come voi dite.

Erm. E voi mi condurrete.,.

Con. Alla corte di vostro padre.

Erm. Quando partiremo ?

Con. Quando vorrete. Non debbo fare altro che chiamare i miei uomini, che sono a venti passi di quà con un palanchino... Ma partendo . non avete qui nulla che desideriate tener con voi ?

Erm. Sicuro! Avete fatto bene a ricordarmelo, voglio tener qualche cosa con me. Safiro... Safiro... venite, non temete di nulla, sono io che vi chiamo.

SCENA VIII.

Safiro e detti

Saf. Eccomi. cara Fiorina.

Con. Che è ciò ?

Erm. Ma è quello che voglio condurre con me.

Con. Un pastore !

Erm. Un pastore.

Con. Da senno, principessa ?

Saf. Principessa !

Erm. Sì, principessa : poco fa io era una pastorella, adesso sono la figlia del re Bobéche.

Saf. Bobéche !

Erm. Questo ti dispiace , non è vero ? Pensi che in tal modo noi ci separeremo, e che i nostri giuramenti se n' andranno in fumo?.... Non aver timore ti condurrò con me alla Corte.

Con. Oh, oh... Resta a vedersi.

Erm. (*autorevole*) Io lo condurrò! Chiamate i vostri uomini, e partiamo.

Con. Ma riflettete, principessa...

Erm. Chiamate i vostri uomini...

Con. Un pastore ! Se si trattasse d'un montone, passi... Un piccolo montone, con belle corna, che corre, va, viene...

Erm. Mi avete detto che sono la figlia del re.

Con. Certamente.

Erm. Allora mi pare che quando io parlo, voi non dovete far altro che obbedire.

Con. (*inchinandosi*) Principessa... (*fa un segno a sinistra: entrano quattro paggi seguiti da quattro uomini, che portano un palanchino, e lo pongono nel mezzo della scena*).

Coro.   Via salite il palanchino,
      Lo sormonta un baldacchino !...
        Ce n' andiamo, portator;
      Per la via farà calor !

Erm. (*a Safira*) Vieni, e segui il palanchino ,
      Che sormonta un baldacchino...
        Ce n' andiamo, mio pastor,
      Pel cammino farò l' amor.-

(sale nel palanchino, e via con tutti — Bar-
ba-blù arriva dalla montagna fra le sue genti
d' armi)

SCENA IX
Barba-blù, e soldati

BAR. Un' altra ancor, soldati, bella com'una stella!
Perchè il destin le spinge tutte davanti a me,
Coteste belle donne, che morte ognor rubella,
Pur sempre chiama sè !
La consorte mia primiera
Sen morì : di che maniera ?
Non lo so, nè si saprà.
La seconda, l' altra appresso,
Pur la quarta fè lo stesso ;
Sen moriron... Chi nol sa ?
E la quinta tanto umana,
Nella scorsa settimana,
Con immenso mio dolor,
Senz' alcun motivo buono,
Lascia me, lasciava il trono,
Lascia tutto, e se ne muor !...
Com' è allegro Barba-blù,
Alcun vedovo non fu !

CORO. Com' è allegro Barba-blù!,
Alcun vedovo non fu !

BAR. Or che ho detto il nome mio,
Che si sa quel che son' io,
Presto ognun comprenderà
Ch' ora certo sto a pensare
Di poter ben rimpiazzare
La mia moglie morta già.
Cosa facile è ben questa ;
Già sta pronta la mia sesta :
Ma so ben che n' avverrà :
Alla settima un pochino,
Pensa pur, mio cuoricino,
Che trovarla converrà !
Come è allegro Barba-blù,
Alcun vedovo non fu !

CORO. Com' è allegro Barba-blù, ec.

(i soldati vanno in fondo)

SCENA X.

Popolani e detti

Bar. Eccoti, Popolani, mio fedele alchimista.

Pop. (*inchinandosi*) Monsignore...

Bar. Sai chi è quella giovanetta che ho vista momenti sono partire in palanchino, e che il Conte Oscar accompagnava, se non m'inganno?

Pop. Quella giovanetta, chiunque sia, è la figlia del re Bobéche.

Bar. Bravo! La rivedrò alla corte il giorno in cui vi presenterò la mia novella sposa.

Pop. La vostra novella sposa, monsignore?

Bar. Credi tu che alla mia età io voglia vivere senza un boccon di donna?

Pop. Orribile! Orribile! Orribilissimo!

Bar. Tu fremi? L'idea del mio nuovo matrimonio che mi fa sorridere, ti fa rabbrividire?

Pop. Sicuro, perchè sono io che...

Bar. Basta! Dopo che il mio amore ha tenute deste le mie mogli per qualche tempo, sei tu che t'incarichi di procurar loro un sonno che non finisce mai, o terribile alchimista.

Pop. E non arrossite?

Bar. No, non arrossisco; e confesserò anche che trovo nel mio carattere qualche cosa di poetico. Io non amo già una donna sola, amo tutte le donne... Attaccandomi ad una di esse unicamente mi parrebbe di far torto alle altre. Aggiugni i miei scrupoli, i quali non mi permettono di prendere una donna se non in legittimo matrimonio. Ecco in brevi cenni delineato il mio carattere.

Pop. E mi permettete di domandarvi chi è questa nuova sposa?

Bar. Chi può saperlo? Non lo so neanche io. Hai eseguiti i miei ordini?

Pop. Sì, signore: coronerete la virtuosa.

Bar. Com'è?

Pop. È una donna...

Bar. Capisco; ma che genere di donna?

Pop. Il genere delle belle donne.

Bar. Somiglia per nulla alle donne che ho posseduto fin adesso ?

Pop. Niente affatto ! Se v' aspettate di vedere una Isaura di Valbon.

Bar. Quella cara Isaura ! L' ho molto amata! Dunque la virtuosa non le somiglia per niente?

Pop. Neanche un capello.

Bar. Ma parla, in tua buon'ora! Bisogna strapparti le parole da bocca! Com'è cotesta virtuosa? Fammi il suo ritratto.

Pop. È inutile: eccola qui.

SCENA XI.

Boulotte, il **notaio**, contadini d'ambo i sessi e detti (*Boulotte sarà velata, e vestita di bianco. Due compagne le sono al fianco parimente bianco vestite: l'una di esse porta la corona, l'altra un picciolo cuscino*).

Coro.

Onore, onor
A monsignor!
Ei proprio Barba-blù
Corona la virtù!
Così mostrando che l'innocenza
Avrà pur sempre la ricompenza!
Onore, onor
A monsignor!

Bar. Io credo bene che l'innocenza
Avrà all'istante la ricompenza!

(*due contadine tolgono il velo a Boulotte, che commossa moltissimo, saluta Barba-blù. Questi la guarda con entusiasmo*)

                    Egli è un Rubens!
            Davver bella forosetta,
            Fresca, forte e ritondetta...
            Essa è bella per mia fè!...
            Non sa far la smorfiosa,
            Cosa insipida e noiosa,
                    Egli è un Rubens!
Coro.   Egli è un Rubens!
Bar.   Egli è un Rubens!
            Una cara pastorella,
            Se il suo caro un' altra bella
            Incomincia a vagheggiar,
            Con le mani si difende,
            E con grazia che sorprende..
                    Egli è un Rubens!
Coro.   Egli è un Rubens!
Pop.   Dunque, prestissimo avvicinatevi.
        Su questo bel cuscino, ben presto, inginocchiatevi.

(*Boulotte s'inginocchia*).

Coro.   Per la premiata qual grande onor!
        Viva Boulotte, e viva monsignor
Pop.   Silenzio! Prudenza!
        Plaudiam di monsignore l'eloquenza!

Bar. (*prendendo la corona, e ponendola sul
capo di Boulotte*)

            Nel ricever questa rosa
            Ch'a sue doti ora si dà,
            D'esser sempre virtuosa
            La premiata giurerà.

Bou. (*alzandosi*)

            Con piacer giuro, per me:
            Pur chè impegno alcun non v'è.

(*torna ad inginocchiarsi*)

Bar.   E se a caso un giorno mai
            Un consorte a te darò,
            In quel giorno tu sarai
            Degna e pura...così vo'...
Bou.(*c.s.*) Così vuoi? Giuro, per me;
            Purchè impegno alcun non v'è

Bar. Miei vassalli, m'ascoltate
    Voglio fare un gran fracasso;
    Prenci, tutti io vi sorpasso...
    Aprir voi la nuova etate
Io, nobile signore, con de'castelli aviti,
Di Barba-blù signore, e di molti altri siti,
  Voglio il blasone unire con la capanna e il prato!
    Sposo una del contado
    Alla barba di chi fu!
Coro.   Ah, del contado!
Bar.   Sposo costei!
Pop.   (ridendo, fra sè) Toh, proprio lei!
Coro.   Sposa una del contado!
Bou.   Ma davver, mio buon signor?
Bar.   In parola d'onor!

Pop. (piano a Boulette).

    Moglie di Barba-blù! Non avete paura?
Bou.   Cosa? Io...paura!
    Nè vassallo nè signore,
    Nessun uom mi fa timore!
Bar.   Andiam, dunque; ognun s'appresta
    Ai miei lari ritornar:
    Questa sera io vò la festa
    Cominciata terminar.
    Nel viaggio il cavaliere
    Il cavallo monterà:
    Ed a piedi (è suo mestiere)
    Il pedon camminerà.
Coro. Ed a piedi (è suo mestiere)
    Il pedon camminerà.
Bar.   Andiam, marciam!
       Andiam, partiam!
      Andiamci a maritar!
      È dolce lo sposar!
       Andiam, marciam!
       Andiam, partiam!
     Partiamo allegramente,
      Sono impaziente!
Coro.   Andiam, marciam!
       Andiam, partiam!
     Si vanno a maritar!

È dolce lo sposar!
  Andiam, marciam,
  Andiam, partiam!
Partiamo allegramente,
  Egli è impaziente!

Bou. (*fra sè*) Molto mal di chi mi sposa
  Si stanno a mormorar.
  Ma che fu? È 'a stessa cosa....
  Io voglio mò rischiar!..

Bar. e Coro. Andiam, marciam!
  Andiam, partiam! ecc.
  Dapprima al passo,
  Al picciol passo,
  Senza fracasso:
  E poscia al trotto
  Al picciol trotto,
  Poscia al gran trotto..
  Indi al galoppo
  Al gran galoppo!
  Oplà! Oplà!...
  Trà, là, là, là!

Pop.   In cammino tutti quanti,
  Sieno nobili, o vassalli,
  Per corteggio a questi amanti!

(si situano nel fondo, e fanno verso la ribalda una specie di marcia militare a tempo della musica della ripresa del coro)

Bar. Bou. Pop. Coro. Andiam, marciam!
  Andiam partiam! ecc.
  Dapprima al passo,
  Al piccol passo! ecc.

Bar.   Com'è allegro Barba-blù
  Alcun vedovo non fu!

Coro.   Com'è allegro Barba-blù
  Alcun vedovo non fù!

(Barba-blù e Boulotte salutano i contadini-Quadro

FINE DELL'ATTO E DEL QUADRO PRIMO.

ATTO SECONDO

QUADRO II.

Sala, con diversi quadri attacati alle pareti. Arcate (stili gotico) in fondo. A dritta, a seconda quinta porta dell' appartamento del re, a sinistra quella della regina. Tavolini. specchi, poltrone.

SCENA I.

Alvarez, Cortigiaui, poi il Conte, indi un Paggio

Coro.   All' istante
         Il regnante
     Qui verrà : noi l' aspettiam,
         Molti onori,
         Gran tesori,
    Ecco quello che vogliam !

Con. *(fra sè)* Sarò mai Richelieu ? — Olivares sarò?
Coro.   Il primo ministro,
         Con il volto sinistro !
Con. Signori, io vi saluto.
Coro *(inchinandosi)* Siam vostri servitori.

Con. *(amaram ente fra sè)*

    Nemici miei domani, oggi fan di cappello
    Son cortigiani veri, ed hanno conoscenza
    Di quel tanto famoso, vantato ritornello
      Del cortigiano per eccellenza !

(parlato) Cantiamo, signori.

      É un difficile mestiero
      Questo qui del cortigian,
      E chi vantasene altiero,
      Ogni cosa farà invan.
      Vi bisogna ad arrivar
      Che un buon cortigian s' inchini.
        Che s' inchini,
        Che s' inchini,
      E che curvi la sua schiena
      Fino a che può curvar!

Como.   Ai bisogna ad arrivar, ec.

(*profondi inchini accompagnano a tempo di musica le parole: Che s'inchini*)

Con.   Al parlar sol padrone,
        Ognun rida, e plaudirà;
        Ma se l'è uno strafalcione,
        Rider più non si dovrà,
        Chè bisogna ad arrivar
        Che un buon cortigian s'inchini
        Che s'inchini,
        Che s'inchini,
        E che curvi la sua schiena
        Fino a che la può curvar, ecc.

Como.   Chè bisogna ad arrivar

Con. (*fra sè*) Che cosa diceva io!

Pag. (*annunziando*) Il re. (*tutti i cortigiani si
curvano*)

Con. (*inchinandosi*) Sua Maestà Bobéche

SCENA II.

Bobéche e detti

Bob. (*guardando tutti inchinati. esprime un sentimento di viva soddisfazione*) Dure pollici più curvi
d'ieri... Bravo ! (*vedendo Alvarez ; che è meno
curvato degli altri*) Oh, eccone uno che... Alvarez! Doveva esser lui ! Pazienza, pazienza ! (*dà
un colpo sul capo d'Alvarez per metterlo a li-
vello degli altri*) Come gli altri , signore , come
gli altri ! (*batte due volte le mani*) Pan ! Pan !
(*i cortigiani s'alzano*) Conte Oscar , leggete il
programma della giornata.

Con. (*prende una canta che gli darà ur paggio e legge*) « Alle due ricevimento del Principe
« Safiro , chè viene per isposare la Principessa
« Ermia. Saranno prima ricevuti nel giardino da
« tutti i cortigiani, i quali canteranno la cantata
« numero 5.

« Oh, che bel dì...,

« Oh, che bel dì !

Alv. (cantando) Oh, che bel dì !

Bob. (severamente) Basta signore, Continuate, conte Oscar, continuate.

Con. (legge) « Saranno prima ricevuti nel giar-
« dino da tutti i cortigiani, poi il principe sarà da
« me condotto alla presenza del re, della regina
« e della principessa. Scena intima ; espansioni
« familiari. »

Bob. Voi parlate, Alvarez?

Alv. Non sono io, sire.

Bob Vi dico che state parlando.

Alv. In fede di galantuomo !

Bob. Ancora! Ma sapete voi che quando si parla a me, bisogna rispondere senza parlare?... Continuate, conte Oscar, continuate.

Con. (legge) « Alle tre ricevimento del Sire
« di Barba-blù e della sua novella sposa. Canta-
« ta numero 9 »

Bob.   Ecco i felici sposi

             Che avanzano pian, pian...

Continuate. conte Oscar, continuate.

Con. (c. s.) « Ricevimento di gala, e baciama-
« no nella sala degli antenati. (tutti i cortigiani s' inchinano. davanti ai ritratti che sono alle pareti. Bobèche batte due colpi con la mano : si alzano) Alle otto il pranzo : a mezzanotte il ma-
« trimonio del principe e della principessa. Can-
« tata numero 22. »

Bob. (c. s.) Imeneo ! Imeneo !

             Oh, davver che bel dì!

Continuate, conte Oscar, continuate.

Con. (c. s.) « Alla mezza fuoco d'artifizio, mu-
« sica e ballo. » Ecco tutto. (restituisce la carta al paggio)

Bob. Non ho bisogno di ricordarvi, o signori, che per queste diverse cerimonie è necessaria assolutamente una toletta ricercata Ed ora andate signori... Voi Alvarez, restate... (*batte due vo te le mani*)

Cor.   Ci bisogna ad arrivar
\-   Che un buon cortigian s' inchini, ec.

(*riano tutti i cortigiani*)

SCENA III.

Alvarez, Bobèche e il Conte

Bob. A che ora vi siete alzato questa mattina?

Alv. All' ora che piacerà a Vostra Maestà.

Bob. (*fra sè*) E poi si pretende che un re sappia la verità! (*forte*) Allora vi siete alzato alle sette, siete disceso nel parco, e vi avete incontrata una donna.

Alv. La regina.

Bob. Questa donna, signore, è meglio non nominarla... Siete ammogliato?

Alv. No, sire.

Bob. Avrete almeno dei figli?

Alv. No, sire

Bob. Sta bene: vostra moglie e i vostri figli troveranno in me un secondo padre. Andate, non aveva altro da dirvi.

Alv. (*col capo tra le mani fra sè*) Oh, io sono perduto! Irremissibilmente perduto! (*via nel fondo*)

SCENA IV.

Bobéche ed il Conte

Bob. Mi hai capito?

Con. E che sire, ancora sangue?

Bob. È necessario.

Con. Sono quattro già che hanno incontrata la regina nel parco. e che due ore dopo...

Bob. (con orrore) Quattro!

Con. Bisogna fermarsi! Sire, voi siete la voce che comanda, ma io sono il braccio che esegue, e incomincio a stancarmi. E poi, ho de'rimorsi.. di notte specialmente..Non più tardi dell'altro ieri ho avuta una crisi... mi sono alzato precipitosamente...la contessa Oscar m'ha domandate che aveva.... Io non ho osato dirle, che erano i rimorsi; ed essa... ha creduto quello che ha voluto.

Bob. Io comprendo !

Con. Bisogna fermarsi !

Bob. Nò : quest' altro. e poi vedremo.... El ora occupiamoci degli affari di Stato. (al paggio) Mi si porti il mondo. (Il paggio porta un mappamondo. che pone sulla tavola e via) Avete osservato l' orizzonte politico?

Con. Si, Maestà.

Bob. Anche io, signore, e tengo un'opinione.

Con. Non la conosco, sire , ma la divido intieramente.

Bob. La mia opinione è che la condotta di Barba-blù non è chiara. Cinque sue mogli sono scomparse !... Io v'aveva incaricato di fargli delle osservazioni ...

Con. Dopo la sparizione della sua terza moglie, sono andato a trovarlo, e per intavolare la conversazione, gli dissi — Era un' assai degna donna Isaura di Valbon! — È vero, mi rispose, ma è sempre la stessa cosa — Non ho creduto conveniente d'insistere ancora.

Bob. E hai fatto bene. Ma mi pare che tanti delitti non ponno rimanere impuniti ! Cinque mogli !

Con. Sì, maestà ; egli ha fatto sparire cinque mogli, come me che, per ordine vostro ha fatto sparire cinque...

Bob E tu osi paragonare la condotta d'un re che comanda venti milioni d' uomini, a quella d' un meschino feudatario , che non ha più di tremila vassalli ?

Con. Sire...

Bob. Vedi bene che ti manca il coraggio! Bisogna usar rigore, e l' useremo !

Con. Ma il sire di Barba-blù tiene i cannoni, e voi no !

Bob. Come ! Io non ho cannoni !

Con. L'anno passato avete voluto per forza che vi si facesse la statua equestre;tutti i cannoni si sono fusi perciò.

Bob. Sì, io sto così. (*fa un gesto grottesco*) Ma dopo la mia statua , il gran maestro d' artiglieria che diavolo ha fatto di tutto il denaro che gli ho dato.

Con. Lo spende con le femmine.

Bob. Dovrebbe invitarci almeno.

Con. Invita sempre me.

Bob. Ah, v' invita !... Dunque siete d' opinione che non bisogna incrudelire ?

Con. Non solamente, quando bisogna ricevere assai bene il sire di Barba-blù, ed obbedirgli, se gli salta il ticchio d' ordinarci qualche cosa.

Bob. Sta bene : obbediremo.

Con. È deciso ?

Bob. È deciso : io sono fermo nelle mie risoluzioni.

SCENA V.

Un Paggio, poi Clementina e detti

Pag. La regina.

Bob. *(fra sè)* Come Isaura di Valbon.. la regina.... è una donna insoffribile ; ma è sempre la stessa cosa. *(al conte)* Andate, conte Oscar, e non dimenticate che avete due parole a dire al signor Alvarez.

Cle. A proposito d' Alvarez, Conte Oscar.....

Cod. Maestà.

Cle. Ditegli che ho pensate a quello che m'ha chiesto ; e credo che l' affare potrà conchiudersi.

Bob. *(piano al Conte)* E tu volevi risparmiarlo.

Con. *(piano)* Sta bene, sire obbedirò. *(via)*

SCENA VI.

Bobéche, Clementina

Bob. Che volete, signora?

Cle. È stato detto a me ed a mia figlia qual'é il programma di questa giornata.

Bob. Ebbene ?

Cle. Vi si legge che questa sera a mezzanotte ella deve sposare il principe Safiro.

Bob. È vero.

Cle. Ebbene, signore ; questo matrimonio non può aver luogo.

Bob. No ; e perchè ?

Cle. Io conosco il cuore di mia figlia... Essa ama un altro.

Bob. Ma si può amare una persona , e sposarne un' altra.

Cle. *(sospirando)* Ah, lo so pur troppo !

Bob. Signora !

Cle. Ma io so , ed anche voi lo sapete , che ciò nasce ordinariamente da queste male assortite unioni!

Bob. Non vi parlo mai di questo io, e voi me ne parlate sempre : avete torto , perchè non è un conveniente tema di conversazione.

. Cle. Ho il dritto di parlarne, perchè non sono mai arrivata fino alla colpa...

Bob. Sì, perchè io vi ho attraversato il cammino.

Cle. Mai signore: e con tutto ciò confessate che in simili casi la moglie potrebbe invocare in suo favore le circostanze attenuanti.

> Un angioletto vago, innocente,
> Com' io già fui degli anni in fior,
> Senza sapere se mai consente
> A un tal s' unisce... ma senza amor...
> Così comincia! Gran duel ne sente,
> Piange, dispera chè forte è il duol...
> Ma alla ragione di Stato incresce
> Che quel che dice s' abbia ad udir,
> Allora sposa... chi? un re Bobèche!
> Ecco in che modo la va a finir!
>   Un tal per nascita alto, possente,
> In corte appare da gran signór;
> Ed osa ..Oh cielo, quale insolente!
> Alla regina parlar d'amor!
> Così comincia!.. Furor ne sente,
> Pallida fassi la donna. allór...
> Ma il giorno dopo non le rincresce
> Quel bel signore vedere e udir,
> Ed ecco il come, mio re. Bobèche,
> Ecco in che modo la va a finir !..

Bob. Voi avete una poco piacevole mania, ed è quella di parlarmi sempre di tutto quello di cui le donne non parlano mai ai loro mariti...

Cle. Non ve ne parlerei, signore, se non si trattasse della felicità di mia figlia.

Bob. Vostra figlia, signora? Io sono certo che sarà più ragionevole di voi, e prenderà la cosa allegramente.

Cle. Allegramente! Ebbene, volete sapere che cosa sta facendo dall'istante che ha saputo che questa sera la si mariterebbe al principe Safiro?

Bob. Che fa?

Cle. Rompe de'vasi preziosi.

Bob. (*furioso*) Rompe i miei vasi! Oh, per bac-
col... (*per andare*).

Cle. Non v'incomodate, perchè fra breve la
vedrete venir qui. Quando avrà rotti tutti i vasi
che son di là, verrà a rompere quelli che sono
di quà. (*rumore di porcellana che si rompe*)

SCENA VII.

Ermia e detti.

Erm. Ah, voi volete maritarmi col principe Safiro? (*rompe un vaso a sinistra*) Prendete.

Cle. Che cosa vi diceva io?

Bob. Ma Ermia...

Erm. Sta sera, a mezza notte... (*rompe un altro vaso*) Prendete!

Bob. Ermiuccia!

Erm. La vedremo...la vedremo... (*vuol rompere il mappamondo*)

Bob. Alto là! non si rompe il mondo!

Cle. Avete veduto?

Bob. Ma, figlia mia, bisogna essere ragionevole.

Erm. Non domando di meglio; ma a condizione
che si farà quello che io vorrò. Io non voglio
sposare il vostro Principe Safiro; io amo un pastore. Questo pastore io l'aveva condotto meco;
ma alla metà del cammino m'ha detto : Quando
eravate una pastorella, io non osava parlare alla
mia famiglia del nostro matrimonio, ma dal momento che siete una principessa, vado a parlar-
gliene. Così dicendo, m'ha lasciato; e bisogna
aspettarlo.

Bob. È troppo tardi.

Cle. Non è mai troppo tardi quando si tratta d'impedire una sventura.

Bob. Signora!

Cle. (*con intenzione*) Una nuova sventura.

Bob. E da capo!...

Erm. Tieni fermo, mammà... Mammà, è dalla mia...Tieni fermo...

Bob. Clementina farà quello che io vorrò. Essa è mia moglie!

Cle. Si; ma prima d'essere vostra moglie, io era sua madre.

Bob. Come!

Cle. Voleva dire che prima che vostra moglie, sono sua madre.

Bob. Meno male così!

Cle. E poi...

Bob. E poi, e poi...basta! (*musica di dentro*) Oh è il principe che arriva!

Erm. Mammà!

Cle. Figlia mia!

Erm. Sta bene ; vedrete come io lo riceverò. (*Due paggi nel fondo fanno passare Safiro*).

SCENA VIII.

Safiro e detti

Pag. Il principe Safiro.

Saf. Sire...Signora...Signorina.

Cle. (*piano ad Ermia*) È assicuro che non è brutto.

Bob. Ma figlia mia...

Saf. Mia cara principessa...

Erm. No, e gli dirò io stessa che... (*volta il capo lo riconosce*) Ah!

<table>
<tr><td></td><td>È il mio pastor!</td></tr>
<tr><td>Tutti.</td><td>È il suo pastor!</td></tr>
<tr><td>Erm.</td><td>Perchè darmi tal dolor?</td></tr>
</table>

	È il mio pastor!
Tᴜᴛᴛɪ.	È il suo pastor!
Eʀᴍ.	È ben desso! È il mio pastor!

Se cambiava di costume,
Non cambiò certo il suo cor:
Si, fra l'oro e tra le piume,
Riconosco il mio pastor!

Tᴜᴛᴛɪ.	È il suo pastor!
Eʀᴍ.	È il mio pastor!

Qual piacere, qual contento.
Di qui veder
Quel pastore per cui sente
Amor davver!
Presto, presto... Gli sponsali...
Nell'amor non s'han più mali...
Mi cingete il crin di fior,
Poichè sposo il mio pastor.
È il mio pastor!

Tᴜᴛᴛɪ.	È il suo pastor!

Bᴏʙ. È il mio pastor, è il suo pastor! Non è dunque il principe.

Sᴏғ. Sicuro. Il principe ed il pastore non sono che una persona.

Bᴏʙ. Oh! E come mai?

Sᴀғ. Or ve lo dico. Una volta. andando a caccia, mi smarrii; e vidi...

Bᴏʙ. Avete qualche cosa a raccontarci? (*fa segno ai paggi che portano le sedie*) Ci ho piacere, perchè io aveva posto nel programma una scena intima ; ed non so che razza di scena avremmo fatta. (*seggono*) Potete adesso continuare.

Sᴀғ. Una volta, andando a caccia, mi smarrii, e vidi una pastorella d'una bellezza abbagliante.

Eʀᴍ. (*con ingenuità*) Era io, mammà.

Cʟᴇ. Povera fanciulla!

Sᴀғ Mi stabilii vicino a lei nello stesso villaggio, sotto l'apparenza d'un pastore. Non si sente vero amore che in campagna. Nella città il cuore non batte: ma batte al campo.

Bob. Battete al campo! (*s'alza*)

    Ran, plan, plan, plan, plan!
Cle. (*c.s*) Ran, plan, plan, plan, plan!
Erm. (*c s.*) Ran, plan, plan, plan, plan!
Saf. (*c.s.*) Ran, plan, plan, plan, plan!

Bob. Ripigliate il vostro racconto.

Saf. Io diceva dunque che il cuore non batte nella città, ma batte al campo...

Bob. Allora, io riprendo! (*s'alza*).

    Ran, plan, plan, plan, plan!
Cle. (*c.s.*) Ran, plan, plan, plan, plan!
Erm. (*c s.*) Ran, plan, plan, plan, plan!
Saf. (*c.s.*) Ran, plan, plan, plan, plan!

(*parlando*) Non capisco niente!

Bob. Non fa caso. Voi avete dello spirito , e noi pure, cosa che non c'impedisce d'aver cuore. Dunque, fra poco potrò chiamarvi figlio... prenderete moglie! Se ho qualche cosa da augurarvi, è una felicità simile alla mia. Sapete voi che cosa è una unione male assortita ? Or ve lo spiego. (*a seconda che nomina una cosa segna un dito della mano, cominciando dal pollice , e terminando al mignolo*) Questa è la moglie: (*il pollice*) questa è la giovanezza, (*l'indice*) questa è la dote, perchè è più grosso; (*il medio*) questo è la felicità della famiglia, (*l'anulare*) e questo è il primogenito. (*il mignolo*) La moglie resta sempre: la giovanezza .. se ne va... (*segna il dito*) La dote? L'avete giocata al *macao* (*c. s.*) La felicità della famiglia? Vattel'apesca!... È messa in pegno sul Monte della Pietà... (*c. s.*) Resta la madre ed il figlio.(*ponendo le due dita sulla fronte*) Ecco il risultato! Invece un buon matrimonio, come il mio, è un paradiso! Una figliuola dolce obbediente; una moglie affettuosa e tutta dedita a me. Sono venti anni da che ho sposata Clementina, e noi ci amiamo ancora come al primo giorno... Non è vero, angelo mio? '

Cle. Già, già... come al primo giorno.

Bob. Va. facciamo vedere al principe Safiro come noi ci amiamo. Mentina...

Cle. Boheche.

Bob. Vieni, vieni, Mentina, abbraccia tuo marito.

Cle. Mai !

Bob. Signori !

Cle. Credete forse che io ne abbia piacere ?

Bob. Ed io ! Parlavo così perchè eravamo in presenza di qualcuno !

Cle. Oh figlia mia, s' insulta tua madre !

Erm. Mammà, mammà !

Cle. Tu mi difenderai !

Bob. Ma signora, voi abusate...

Erm. Non toccate mia madre, o signore...

Bob. Lasciami. in tua buon' ora !

Erm. Ah ! M' ha battuta ! M' ha battuta ! Ah !

Cle. Ha battuta mia figlia ! Ah ! (gridando)

Bob. Ecco l' interno della nostra famiglia , e signore... Un inferno. un vero inferno ! Una figlia che rompe tutti i vasi preziosi, ed una moglie poi....

Saf. Una moglie...

SCENA IX.

Il Conte, sostenuto da due Paggi, e detti

Bob. Ebbene. conte Oscar?... Che cosa avete?

Con. Ah, voi mi domandate che cosa è ?

Bob. È fatto ?

Con. (con voce soffocata) Sì.

Bob. Una moglie , per cui cagione sono stato costretto a fare uccidere un uomo un quarto di ora fa !

Cle. (*con dolore*) Un uomo ucciso per causa mia... E chi è ? Il suo nome ?...

Bob. Alvarez, signora.

Cle. (*rassicurata*) Alvarez! M'avete fatto paura!

Bob. (*fra sè*) Ahi, ahi!... Via tutto sta nel cominciar da capo ! (*musica*) Che cosa è ?

Con. E il Sire di Barba-blù che viene con la sua nuova sposa.

Bob. Allora ⸝ fine della scena intima. Signor Conte sono soddisfatto de' vostri servizi, e vi nomino governatore delle nostre provincie del sud, quello che fino adesso han rifiutato di riconoscere la nostra autorità.

Con. Ah, la mia riconoscenza...

Saf. (*piano ad Ermía*) Ho molto riflettuto durante la scena intima. Appena maritati, noi vedremo assai di rado i tuoi parenti : l' inviteremo a pranzo una volta por settimana.

Cle. (*fra sè*) Uccidere Alvarez ! Perchè ?..... Che bell' equivoco !

SCENA X.

Cortigiani e dame. **Barba-blù Bouletta** Guardia.

Coro Ecco i felici sposi
    Che avanzano pian pian :
    Che teneri, amorosi,
    Si tengono per man !

Con. Ei vien per presentarvi la sua sposina, e vuole
    Farvi i suoi complimenti.

Bob. È per la sesta volta ; e quì le sue paro'e
    Credo che ognun rammenti.

Coro. Si, ognuno se 'n rammenta !

Bob. Ascoltiam : tanto fa!

Coro.   Ascoltiam...

B.b.   Tanto fa !

(entra Barba-blù con Boulotte. Essa è elegante-
mente vestita)

Bar.   Otto giorni son passati,
        Da che noi siamo sposati.

Coro.   Ei ci disse tutto ciò.

Bar.   Dunque, per l'antica usanza,
        Vengo a rendervi onoranza.

Coro.   Ei ci disse tutto ciò

Bar.   Presentarvi la consorte
        Ch'è a me unita sol per sorte !...

Coro.   Alto là,
           Che di già
        Ci diceste tutto ciò !...

Bar.   Se vi dissi tutto ciò,
        Lo ripeto... e lo dirò !

Bou.   Oh, voi siete il re Bebèche,
        Fresco e sano... come un pesce !

Coro.   Nessun mai parlò così.

Bou.   Questa mamma mingherlina
        Lo scommetto : è Clementina !

Coro.   Nessun mai parlò così.

Bou.   Per parlar ci vuol lezione?
        Io saluto le persone !

(fo molte goffe riverenze)

Coro.   Alto là !
         Basta quì!
        Nessun mai parlò così!

Bar.   Non si dice tutto ciò...

Bou.   Io lo dico...e la dirò!

Rob. *(ridendo sotto i suoi baffi delle maniere di*
Boulotte, Barba-blù)

Signore, i complimenti; la vostra moglie è bella!

Bar.   Parliam di vostra figlia, parliam solo di quella.
        Quando la maritate?

Bob.   Sta sera a mezzanotte!

Bar.   Mezzanotte!

Cle.   Dal contratto all'altare, il tutto a mezzanotte!

Bob. Cle.   Mezzanotte!
Bar. (*fra sè*) Oh, basta il tempo a me.
Bob.   Passiamo al bacia-man!
Con.   Signori, il bacia man!
Coro.   Del nostro augusto almo sovran
                 Baciam la man!

Con. (*parlato*) Il cavaliere e la dama della Torre
che vacilla.

Rob. La mia nobiltà del mezzogiorno.

(*tutti vanno alternativamente, a tempo di musica a baciare la mano di Bobèche: ed il conte la
pulisce*)

Coro,   Baciam la man
                 Al gran sovran!

Bar. (*fra sè, guardando Ermia*)
                 È bella, è un angelo, affè di Dio
                 Quella che a settima moglie avrò io!

Con. (*parlato*) Il sire di Barba-blù , e la sua
settima moglie.

Bou. (*fra sè, vedendo Safiro*)

                 Ah, quel giovanotto
                 Vestito di raso,
                 È il mio traccagnotto..
                 O cielo! Qual caso!

Bob. (*stendendo la mano*)

                 Vi porgo a baciare
                 La reale mia man..
                 Non posso aspettare
                 Insino a diman!

Saf. ed Erm. (*riconoscendo Boulotte, fra loro*)
    Boulotto!
Bou. (*vedendo Ermia*) Fiorina!
Saf. (*fra sè*) Ahimè!
Erm. Ah, mamma!
Cle.   Che vuoi?
Erm.   La vedi colei?...
Bou. (*fra sè*) È desso, sì egli è!

Bar.   Signora, signora!
Bob. *(con la mano sempre stesa, parlato)* Ebbene?
Saf. *(fra sè)* È lei!
Bob. Ma dunque?
Bou. *(c.s.)* E lui! *(sempre sulla musica)*
Bar.   A voi la mano porge il re, signora.
Bou.   Ma che far deggio? Nol conosco ancora.
Con.e Coro La baciate.
Bou.   Si tratta sol di baciare? Allora
     Io lo fo con tutto il cor!

(Invece di baciare la mano di Bobèche, abbraccia e bacia Safiro. Stupefazione generale: Safiro si svincola)

Coro.   Egli è un orror!
      Olà!.., Oà!...
   No, no; fra noi ciò non si fa.
   Nessuna gala già fatta qui
   Nè un baciamano fiol così!...
Bou.   Perchè mai fan — tanto rumor?
   Dite, perchè — tanto furor?
   Che ho fatto, che — contro l'onor?
    Che! Molto male è stato
    Un bacio dato?
   Ma dunque che han — per tanto urlar,
    Per m'irritar
    E tormentar?
   Sol quel signor — mi fè baciar!
Coro.   Egli è un orrore! Olà, olà!
   No, no, fra noi ciò non si fa!
Bar.   Su, tacete, o per mia fè,
   Voi ben l'avrete a far me!
Coro.   Nessuna gala già fatta qui,
   Nè un baciamano fiol così!
Bou.   Egli è gentil — quel vanerel,
   Quell'occhiettin — davvero è bel!
   Com'è gentil — quel vanerel!
    E poi quel guardo fiero.
    D'animo altiero!
   Davvero è bel — colpisce il cor
   Questo gentil — vago pastor!

B.B.   Ma non già a lui, sibbene a me ;
     A me, sì al re !
Coro.   A lui, sì al re !...
B.B.   Come, voi pur ? —Son pronta già.
(bacia Bobèche)
Coro   Oh. ciel ! Che mai fa !
B.U.   Bisognerà baciar, per farmi onore,
     Ogni signore ?

(Bacia il Conte Oscar, e poi vuol seguitare ancora. Barba-blù lo ferma)

Bar.   Basta così —partiam, partiam !
B.U,   Perchè partir ? — Restiam, restiam !
B.B. Cle. Erm.) Presto partite— sì, via di quà,
Saf. Con. Coro.) No, no, fra noi — ciò non si fa !
     Nessuna gala — già fatta quì,
     Nè un baciamano — finì così.
     Nè nel palazzo — del nostro Re
     Vista tal cosa — giammai non s' è !
Bar.   Presto venite — a casa andiam,
     Di tutto questo — colà parliam !
     Di quel che avete — voi fatto quì
     Regoleremo — i conti lì
     Da questa casa — ora uscirem,
     Nè il piede mai — vi riporrem !
Bou.   Ma perchè mai — perchè partir ?
     Già cominciavami — a divertir...
     Così va il mondo — questo si sa :
     Voglio restare... — egli se 'n va !
     Perchè partire ? — Con questo re
     Mi divertivo ! — Curioso egli è !

(Bobèche, dopo d'aver fatto segno a Barba blù e a
Boulotte d'uscire, dà in uno scoppio di risa. Il Conte
Oscar fa lo stesso, e si getta sulla poltrona del re:
Bobèche gli fa segno d'alzarsi, il Conte si alza: Bobè-
che va per sedersi, ma cade a terra. Quadro finale)

FINE DEL QUADRO SECONDO.

QUADRO III.

Gabinetto d'alchimista. Nel fondo, in mezzo alla scena di fronte al pubblico, una tomba su cui si leggono le seguenti iscrizioni funebri. *Quì giace Eloisa. Quì giace Rosalia; quì giace Eleonora; quì giace Bianca: quì giace Isaura: quì giace...* A sinistra una poltrona, a destra una tavola, su cui la macchina per la scossa elettrica, coperta da un panno. A dritta, a prima quinta, un'altra porta.

SCENA I.

Popolani solo

Ieri sera era bel tempo, oggi è un tempo da cani... Ieri ho osservato il cielo tre volte, e tre volte ho veduto che Marte si accosta a Venere sensibilmente. Non istà male al certo, ma tutti quelli che capiscono il linguaggio degli astri, sanno che cosa vuol dire un tale avvicinamento...Vuol dire che se fra otto giorni non avrò ucciso il mio padrone. il sire di Barba-blù mi ucciderà, e l'uragano d' oggi vuol dire che farò bene a sbrigarmi... Non c'è da esitare...Facciam crollare il padrone. D'altra parte egli è un birbante, e la sua caduta mi farà guadagnar molto nella stima della gente onesta. *(si sente il suono d'un corno)* Che cosa è questo?.. Sembra il corno del sire di Barba blù! No... è il rumore del vento nel corridoio... Già cinque donne sono quì venute e non posso tollerare.. Tutti quei delitti pesano alla mia coscienza, e non voglio commetterne altri, tanto più che i cinque primi mi sono stati pagati molto bene, e quindi non veggo la ragione di commetterne altri... Ho di che vivere come un uomo onesto... Mio Dio!... Che cosa è mai la virtù?.. Non sarebbe ella mai la sazietà? Oh, sarebbe orribile!... *(si sente di nuovo il corno)* Ma no...io non mi sono ingannato.·. È il il corno di Barba-

blù...Viene qui... Che cosa mai viene a chiedermi?... Fosse mai giunta l'ora di Boulotte... della
sventurata Boulotte? (*si battonó tre colpi alla porta.
Popolani apre*)

SCENA II.

Barba-blù, due soldati con torce, e detti.

Pop. Monsignore...

Bar. Sei solo?

Pop. Sempre solo.

Bar. Uscite, miei guerrieri (*i due soldati viano*)
Prepara il più violento de'tuoi veleni.

Pop. Per far che?

Bar. Non lo indovini? Essa viene...

Pop. (*fra sè*) Che diceva io! (*forte*) Ah, signore ..

Bar. Delle osservazioni! Non le sentirei, se pure
ne avessi il tempo... Bisogna che a mezzanotte
io sposi la figlia del re Bobéche.

Pop. A mezzanotte.

Bar. Un quarto dopo al più tardi. Sono le dieci
e mezzo : vedi bene che non c' è tempo da
perdere.

Pop. Di bene in meglio!

Bar. Non dico di no; ma la mia divisa è: sempre
vedovo e mai vedovo; capirai bene che quando
si ha una divisa...

Pop. (*fra sè*) Gli astri han parlato; se non l'uccido mi ucciderà!

Bar. Hai dunque capito?

Pop. Una volta ancora...

Bar. Il più violento de'tuoi veleni...Obbedisci
perchè ho molta fretta...

Pop. Obbedisco, monsignore. (*via*)

SCENA III.

Barba-blù solo.

Ecco la tomba delle donne mie,
Che m'amaron d'amore senza pari
Dormite in pace, o donne care e pie,
Non vengo già, a turbare i vostri lari.
Cinque son già! Che per occulte vie
N'andarono lontane dai lor cari...
Per la mezza dozzina manca ancora
Un'altra. che saravvi dentro un'ora!

(entra Boulotte, accompagnata da due soldati, che poi via)

SCENA IV.

Boulotte e detto.

Bou. Che cosa significa tutto ciò? Una partita di campagna alle dieci della sera, una corsa disperata fra i lampi, 1 tuoni, le saette ed il tremuoto... il vostro silenzio quando io vì domandave dove andavamo... E poi questa torre...con una scalinata piena di sorci... *(Barba-blù fa un'azione)* Non dite di no...li ho sentiti corrermi fra le gambe mentre che scendevo.

Bar. State attenta, signora Boulotte; mia sesta moglie.

Bou. Che vuol dir ciò?

Bar. Sapete leggere?

Bou. Quando le lettere sono grandi.

Bar. Ebbene, leggete. *(facendole vedere la tomba)*

Bou. Qui giace Eloisa... Andiamo via...

Bar. Non avete tutto letto ..

Bou. Qui giace Rosalia, qui giace Eleonora qui giace   Andiamo via, andiamo via...

Bar. Leggete ancora, signora, leggete ... Qui giace Bianca, qui giace Isaura! E sotto di questo ultimo nome che cosa leggete voi?

Bou. Non c'è niente.

Bar. Non c'è niente, è vero! Ebbene, domani....

Bou. Domani...

Bar. Domani potrete leggervi: Qui giace Boulotte !

Bou. Andiamo via! (*corre alla porta che è chiusa*)

Bar. Andar via! (*ride*)

Bou. Non ridete così... mi fate paura...

Bar. Mi avete dunque capito! Avete compreso che dovete morire.

Bou. Morire! Oh, io non voglio!

Bar. Lo so bene che non lo volete; ma...

              Tu de'morir...

Bou.   Perchè morir?

Bar.   Perchè il mio core
          Di nuovo amore
      Palpitò per fanciulla gentil:
      Che per moglie desidero e vò,
         E la farò!
         Ecco il perchè.

Bou.   Come, morire !

Bar.   Tu morirai...

Bou.   Nol vò per me!

(*parlato*) Morire! (*cade in ginocch*)

Bar. Perfettamente, morire.

Bou.   La mia giovanezza,
        La mia debolezza,
        Tu dèi compatir
        , Ascolta mia voce,
        Non esser feroce..,
        Non farmi morir!

Bar.   A nuovo amore
        Sempre il mio core
        Sorvola ogni otto dì...
        Mutar non voglio,
        Così far soglio...
         Amori
         Brevi amori!

Bou.   La mia giovanezza, ecc.
Bar.   A nuovo amore, ecc.
         Del cielo a un angelo ella somiglia,
         E della rosa ha la beltà;
         Del re Bebéche amo la figlia,
         Che è in sul bel fiore di verde età!
Bou. Vuoi darti dunque a nuovo amore?
Bar. Certo: mi voglio rimaritar!
Bou. Ah, vile, infame e traditore!
Bar. Il dritto avete voi di gridar!.,
Bou. Trema! La collera del cielo irato!
Bar. Il ciel non mai m'ha maltrattato!
Bou.   Ah! Scoppia il tuono!
Bar. Ebbene, io vò cantare più forte ancor del tuono!
         A nuovo amore, ecc.
Bou.   La mia giovanezza, ecc.

SCENA V.

Popolani (con un bicchiere ed una fiala) e detti.

Pop. Ecco la cosa.
Bou. Ah!
Bar. Tu capisci! Vi lascio... Fra cinque minuti
tornerò per vederne l'effetto.
Bou. (*afferrandolo*) Signore...
Bar. Fra cinque minuti! (*si svincola da Bou-
lotte, la quale cade*) Oh, vi siete fatto male ?
Bou. Siete troppo buono! (*Barba-blù via*)

SCENA VI.

I precedenti.

Bou. Oh, tu non mi ucciderai!
Pop. Signora!
Bou. Non chiamarmi signora, chiamami Bou-
lotte, la tua piccola Boulotte!
Pop. La mia piccola Boulotte!
Bou. La tua cara Boulotte, e ricordati dell'epi-
sodio avvenuto sotto quel gran castagno....
Pop. Non parliamo di questo.
Bou. Parliamone, anzi.   4

Pop. Io non me ricordo, non voglio ricordarmene, perchè fareste credere certe cose... In fin dei conti non avvenne niente di positivo.

Bou. Sì, perchè io ti diedi un famoso pugno; ma se non te lo avessi dato!

Pop. Ah. Boulotte!

Bou. Vedi bene che tu non puoi uccidermi.

Pop. Se io non uccido voi. egli ucciderà tutti due. Voi non guadagnereste niente, ed io perderei molto.

Bou. Ma è dunque il diavolo colui!

Pop. No; in fondo non è cattivo; ma é un uomo che tiene una mania.... e con simile gente non é meglio non averci che fare.

Bou. Una mania? E quale?

Pop. Ha la mania di riammogliarsi; quindi dovete comprendere che... Dunque spicciamoci.

Bou. E tu avrai il coraggio...

Pop. Di vedervi morire? No al certo; ecco dunque quel che farò. Ascoltate, e fate a capir tutto con precisione. (*mostrandole il bicchiere*) Ecco un bicchier d'acqua inzuccherata.

Bou. Un bicchier d'acqua inzuccherata...

Pop. Non c'è bisogno di agitarlo, dappoichè lo zucchero è polverizzato. Quì in questa fiala c'é del veleno, capite bene, veleno. Prenderete questa fiala voi stessa, e la verserete nel bicchiere.

Bou. Io....

Pop. Sì, voi stessa.

Bou. Bene, bene.

Pop. E dopo beverete.

Bou. Sì... si... beverò.

Pop. Io, nel tempo che voi farete questa operazione, volterò le spalle, perchè non voglio mischiarmi in queste faccende Avete capito?

Bou. Sì, ma ripetilo un'altra volta.

Pop. Qui, un bicchier d'acqua inzuccherata.

Bou. Non c'è bisogno d'agitarlo..

Pop. È zucchero polverizzato.

Bou. La fiala, poi...

Pop. Il veleno nella fiala...

Bou. Nella fiala il veleno...

Pop. È lo stesso. Voi prenderete la fiala...

Bou. Verserò il veleno nel bicchiere...

Pop. Io volterò le spalle....

Bou. E non guarderai....

Pop. Cammina da sè....

Bou. Ho capito...ho capito... (*prende il bicchiere e la fiala*).

Pop. Ci siamo?

Bou. Ci siamo..(*Popolani volta le spalle. Boulotte getta a terra la fiala e beve il contenuto del bicchiere*). È fatto!

Pop. Avete bevuto?

Bou. Si, (*ridendo*) ma non della fiala.

Pop. (*ridendo*) Anch'essa c'è caduta! Beccaccia!

Bou. Come!

Pop. Non avete indovinato che nel bicchiere stava il veleno.

Bou. Ah!

Pop. Nella fiala non c'era niente.

Bou. Ah! Ma dunque ci sono?

Pop. Certamente. Non vi sentite niente?

Bou. Ah sì, l'effetto comincia!

Oh cielo, oh ciel!

Ho agli occhi un vel!

Un gaudio forte

Mi dà la morte!

(*cade sulla poltrona*)

Pop.   Va ben, va bene!

Bou.   Questa è la morte? Non è possibile,
    Si soffre quando si dee morir.

Pop.   Io sono un chimico molto sensibile,

I miei veleni non fan soffrir.

Bou. Oh, oh cielo ecc.!

Pop. Tutto finì!

SCENA VII.

Barba-Blù e detti.

Bar. Ebbene?

Pop. Finì?
La disgraziata è morta!

Bar. (*parlato*) Morta?

Pop. (*idem*) Morta?

Bar. Sentir dovrei rimordimento,
Ma non ne sento — d'alcuna sorta
E pur cantando esco contento!
A nuovo amore
Sempre il mio core, ecc. (*via*)

SCENA VIII.

I precedenti

Pop. Bisogna rendergli questa giustizia... Egli prende tutto questo allegramente! E dopo tutto, ha una bella voce! Staremo a vedere se vorrà cantare anche domani! Povera Boulotte! Con lei mi fa più effetto che non con le altre, perchè io la conosco.. Ed ora un pò di fisica... (*scopre la macchina che sta sulla tavola*) Quanto ella diceva poco fa è esattamente vero... Allora essa era contadina, ed io mi trovavo in uno di quei momenti in cui l'astronomo più accanito darebbe venti comete per un bacio... Ed è anche possibile che senza il pugno che mi diede... Del resto noi non facemmo che ridere... (*prende i fili della macchina*) Questa è di mia particolare invenzione, ed ora se ne vedrà l'effetto... Che bella mano che ha Boulotte! Piccolissima! Eppure, quando mi diede il pugno, si fece tanto dura... (*pone i fili fra le mani di Boulotte, indi torna alla macchina, e si copre il capo del panno come un fotografo che fa un ri-*

tratto; *poi fa girare la macchina che suona*) C'è
anche un pò di musica!

Bou. (*scuotendosi*) Oh!

Pop. (*c.s.*) Non lasciate i lacci:..

Bou. (*c.s.*) Oh...oh...

Pop. Bene! Bene!

Bou. Basta! Finitela, dunque!

Pop. Ecco l'effetto della scossa...

Bou. Oh Dio!

Pop. Non vi movete!...(*gira la macchina*).

Bou. (*alzandosi*) Ma cos'è dunque?

Pop. È la vita.

Bou. Come hai detto?

Pop. Ho detto che è la vita.

Bou. La vita!

Pop. Sì ! (*prende i lacci , e prova una scossa
elettrica*) Ahi !... C' era ancora dell' elettricismo !

Bou. Non sono dunque morta ?

Pop. No.

Bou. (*abbracciadolo*) Popolani...

Pop. Boulotte !

Bou. Ma quello che mi dicevi poco fa... Il veleno nel bicchiere...

Pop Che veleno! Non c' era altro che un nar-
cotico : voi non eravate morta, eravate solamente addormentata.

Bou. Addormentata ?

Pop. Sì, e risvegliata dalla mia macchinetta.

Bou· Ma è vero tutto ciò?

Pop. E mi credete capace di un simile scherzo.

Bou. Non sono morta !...

Pop. No, come non lo sono le altre cinque mogli di Barba-blù.

Bou. Le altre mogli ?

Pop. Credeste che fossero morte ?

Bou. Sì.

Pop. V' ingannaste. In fondo, io sono il miglior uomo della terra, pieno di cuore, sì, Popolani è pieno di cuore..... e d' elettricità ! Or sono tre anni il sire di Barba-blù mi ordinò di uccidere la sua prima moglie... Era Eloisa,.. Io fui umano: mi contentai di amministrarle una droga, che non la uccise che per mezz' ora. Quando ritornò in sè io le tenni presso a poco questo discorso: « Intendiamoci bene : volete tornare a morire , « ma questa volta veramente , o volete essere « gentile con Popolani, come lo era Odetta con « Carlo VI? »

Bou. Le hai detto...

Pop. Quello che vi è di lusinghiero è che la signora non esitò affatto !

Bou. Viva ? Sono viva , Ah! è bella la vita !.. Il canto degli uccelli, il profumo de' fiori , una colezione di buon mattino, un' altra a mezzogiorno, un pranzo alle due , una cena alla sera ! E dopo tutto ciò , un po' di ballo sotto i grandi alberi ! (*fa qualche passo di ballo*) Continua, con - tinua pure.

Pop. Dopo un anno, Barba-blù si riammogliò, e poco dopo mi presentò un' altra donna da uccidere ! Tenerle qui entrambe, era lo stesso che sfidare la collera di Barba-blù.:. ma lo feci solo per l' umanità ! Poi venne una terza moglie, una quarta, una quinta... e vi fu sempre per mezzo cotesta maledetta umanità !

Bou. Oh , bravo! Ma dunque tu sei tuttavia un poco burlone ?

Pop. Come ?

Bou. Le cinque mogli di Barba-blù ti hanno...

Pop. Io sono umano !

Bou. So dunque ciò che m'attende. Tu mi chiederai d' essere alla mia volta gentil con...

Pop. E se vo lo domandassi ?

Bou. M' imbarazzaresti molto !

Pop. Non ve lo chieggo !

Bou. Oh !

Pop. Sono risoluto di mandare questa sera stessa tutte le donne a spasso : e di andare a denunziare la condotta indelicata del mio padrone.

Bou. Ci andrai solo ?

Pop. No, le sue vittime verranno con me. Credevo di condurne cinque, ne condurrò invece sei; ecco tutto.

Bou. Ebbene, vuoi che ti dica una cosa ?

Pop. Dite pure.

Bou. Quello che ora mi proponi, mi va più a sangue di quello che proponesti ad Eloisa.

Pop. Avete voglia di vendicarvi ?

Bou. Si : e poi, si può mai sapere quello che c' è nel fondo del cuore d' una donna ? Un altro sentimento forse.... Era superbo l' infame poco fa quando cantava

A nuovo amore....

Pop.   Sempre il mio core...

Bou. Conosci questa canzone?

Pop. Lo credo bene: è la sesta volta che gliela sento cantare !

Bou. È vero ! E dove sono le altre cinque mogli ?

Pop. (mostrando la tomba) Là.

Bou. Brr... Non deve essere certo ameno di vivere là dentro... Che cosa staranno facendo in questo momento ?

Pop. Vi aspettano.

Bou. Come !

Pop. Poco fa hanno sentita cantare la canzone del loro... di vostro marito , e sanno bene che allorchè il sire di Barba-blù viene qui, debbono aggiungere un altro coperto.

Bou. E quando le vedrò ?

Pop. Al momento. *(fa scattare una molla posta contro il muro : s'alza la tomba. Si scorge un gabinetto nel cui mezzo avvi una tavola , intorno alla quale all' impiedi le cinque mogli di Barba-blù, col bicchiere in mano)*

SCENA IX.

Eloisa, Isaura, Bianca, Eleonora, Rosalia
e detti

Le 5 donne.	Salute a te, settima sposa Di quel birbante che non sa amar !
Bou.	E quell' infame, senza aver posa, Or nuova donna giura adorar !
Le donne.	Salute a te, bella qual rosa, Qui ognun tì deve sempre adorar: Salute a te, settima sposa, Di quel birbante che non sa amar.
Bou.	No, non sa amare, che me sua sposa Soli otto giorni fece campar.
Eco.	Otto giorni! Orrore! Orror ! Diede a me più lungo amor ! Io che prima, ignara entrai In tal camera fatal, Per un anno pregustai Gioia, amore, senza ugual. Ma poi basta lì ! Finì ! Popolani sol mi resta ! Popolani sol vi resta !
Ele.	Sempre, sempre Popolani
Tutti.	Sempre, sempre Popolani !
Pop.	È così, donnette amate, Che trattate Popolani ? Vedo ben che siete ingrate, Ai miei moti tanto umani ! Non importa, pur v' aspetta

Vita ancor, felicità...
Voglio offrirvi la vendetta,
Vi vo' offrir la libertà !

TUTTE.   La vendetta ?
BOU.   Sì, la vendétta
           Con libertà !
           La vendetta !
POP.   Si, la vendetta!
TUTTE.   Con libertà !
BOU.   Morte, uscite dall' avello
           Per campar !
Su lasciate il nero ostello,
           Per andar !
Morte, uscite dall' avello
           Per campar !
           Viva la gioia,
           La libertà...
Il grido mio sarà:
           La vendetta !
La sua testa cadrà
           Maledetta !
TUTTE.   Morte, usciam dall' avello
           Per gridar :
           Viva la gioia,
           La libertà !

(tutti viano)

FINE DEL ATTO SECONDO E DEL QUADRO TERZO

ATTO TERZO

QUADRO IV.

La stessa decorazione del Quadro II.

SCENA I.

**Saffro, Bobéche, Clementina, Ermia,
il Conte Cortigiani, dame, Paggi, poi Barba-blù**

*(All'alzarsi, del sipario un orologio suona mez-
zanotte)*

CORO. *(a misura de' tocchi dell' orologio)*
  Uno. due, tre, quattro, cinque, sei, sette, otto,
    Nove, dieci, undici, dodici
   É mezzanotte ; tutti amorosi
    Seguiam gli sposi.
SAF. O sposa mia, nella cappella
   Della campana il suon ci appella
CON. *(leggendo una carta, parlato)* Cantata nu-
mero **22.**

CORO.   Imeneo ! Imeneo !
     O davver che bel dì !...
    Felici ognor saran
    Quei che a sposare or van!
     Imeneo ! Imeneo !

*(Il corteggio fa per partire ; ma è fermato da
Barba-blù)*

BAR. Vi fermate !... Fermate !
BOB. SAF.   Perchè dobbiam fermar ?
BAR.   Voi lo saprete, o Sire :
     Ho qualche cosa a dire,
     Che sará bene or d'ascoltar.
BOB.   Così presto ritornato ?
CLE.   Nè siete dalla moglie accompagnato ?
BAR. *(piangendo, ed asciugandosi gli occhi)*
    Madonna, ah, madonna !
    Udite il mio dolor !...
    Perdei la mia donna
    Colei ch' ho nel cor !

Montava un cavallo,
Trottava con me !
Ahimè, senza fallo
Ignara di sè !...
La notte era bella
E candido il ciel...
« Sublime ! — diss' ella
« In ciel non c' è un vel
Oh, donna adorata,
Mirarti mi par
Al cielo voltata
A me ancor parlar.
Allor disse forte,
Gridando così ;...
« Mi prende la morte !... »
Lo disse,.. e morì !...

(cambiando subitamente dalla tristezza alla gioia)

Cogliamo le rose,
Allegri nel cor...
Prendiam le cose
Pur senza dolor.
Lungi, o tristezza !
Viva il piacer !
La sola saggezza
È sempre goder !...
L'amor è la vita ..
La vita è un gran bal
A goder c'invita
Ognor carnoval !

(a Bobèche) Tua figlia è carina,
E senza timor
De la signorina
Ti chieggo l'amor.

Bob. Non so se dormo, o se son desto...
Egli è audace assai cotesto !
La mano di mia figlia ?...

Bar. Sì ; sempre l'adorai!

Bob. Giammai !

Eam. Giammai !

Cle. il Coro Giammai !

Bar. Tengo ben nella montagna

Lo squadron dei cavalier ;
Dieci pezzi di campagna,
E gli altieri cannonier.

Il treno. e ancor
Tiragliator !

CORO   Come un mazzolin di fior !

BAR.   Tengo gente con la daga,
E che portan lo squadron,
E la guardia tanto vaga
Di lancieri e di dragon.
E minator,
E zappator.

TUTTI.   Come un mazzolin di fior !

BAR.   Se, miei cari, rifiutate,
Io vedrò polverizzate
Vostre case. ch' ho in mia mano.

CON. *(piano)* Non lo dice il sire invano.

BOB.   Ahimè !...
Come uscire dall' imbroglio ?

SAF.   V' offro il mezzo...

BOB   Ben lo voglio...
Se un buon mezzo ancora c' è.

SAF.   Vuoi rapire a lei il suo fido ?
Io, fellon ti dò un cartel,
Ed innanzi a lui ti sfido
O vile, fino a morte, o vile ad un duel,...

(il conte va in fondo a prendere le spade)

BOB.   Un duello, un duel !
Molto ben ! Ci distrarremo !

SAF.   Accetti, dunque !

BAR.   Accetto, e la vedremo.

(il conte dà a ciascuno una spada)

BOB.   Vì battete, e sposerà
Sol colei chi vincerà !

BAR.   SAF. Il ciel giudicherà fra noi !

CORO.   Il ciel giudicherà fra voi !

BOB.   Noi mettiamoci in un canto,
E non già vicino tanto !

CLE.   E per essi noi preghiam.

BOB.   Or signori. ci siam.

(comincia il duello)

Coro.   Kis, kis, kis, kis !
             Dritto, manc?,
             Colpo al fianco...
             Del cór la via
             Aperta sia !
             Bella stoccata !
             Bella parata !...
             Davvero è bel,
             Questo duel !
             Kis, kis, kis, kis !
Erm.   Protegga il cielo l' amante mio !
Bob.   Sono contento per fè di Dio.!
Coro.   Kis, kis, kis, kis !..
             L' armi loro
             Con decoro
             Son temprate
             Ed affilate...
             Mano ferma
             Vuol la scherma
             Davvero è bel
             Questo duel !
             Kis, kis, kis, kis!

(I paggi portano dei rinfreschi)
Bar.   Cielo ! I gendarmi !
Saf. *(voltandosi)*   Chel Gendarmi !
(Barba-blù lo ferisce : egli cade. Viene alzato, e lo si pone su un canapè a destra)
Bar.   Io questo colpo appresi dal mio maestro darmi !
(pulisce la spada)
Con.   Davver, per Dio !
             Che bella botta !
Erm.   Ah, ventura, morì l' amante mio !
Bat.   Re, manterrai la tua promessa.
Bob.   Sì, sposérai la principessa.
             A te la man concedo : a lei domanda il core.
Erm. *(guarda Safiro)*
             Ma dove fu colpito or questi che sen muore ?
Bar. Alzatevi, o donzella—andiamo alla cappella.
Bob.   E voi, signori cortigiani,
             Or datevi le mani,
             E cantate !

Poichè di nuovo alla cappella
La campana ora ci appella.

Coro.   La campana ora ci appella.

Con. *(parlato)* Ripresa della cantata num. **22.**

Coro,   Imeneo! Imeneo! ec. *(viano)*

SCENA II.

Il Conte e Saffro, poi un **Paggio**, indi
Popolani, in abito di boemo

Con. Principe sventurato! A che gli valse essere giovane, bello, adorato! Ma del resto, a
me che importa?... Noi altri uomini politici ab-
biamo forse il tempo di piangere?

Pag. *(entra e gli dà una grandissima lettera)*
Un vigliettino.

Con. *(dopo letto)* Dov' è l' uomo che te l' ha
dato?

Pag. Mi aspetta di là.

Con. Fallo entrare.

Pag. Eccolo.*(Popolani entra ballando, masche-
rato, e con un tamburrello in mano. Paggio via*

Con. Un boemo!

Pop. *(smascherandosi)* No, un supplicante.

Con. Popolani!

Pop. Monsignore!

Bon. É ad un amico che parli.

Pop. Ed è all'amico che ho bisogno di parlare.

Con. Sta bene.

Pop. È troppo, è troppo!

Con. Spiegati...

Pop. Ma quell' uomo... può udire...

Con. Impossibile.

Pop. È sordo?

Con. No, è morto.

Pop. Ah! Va bene. Un' ora fa il Sire di Barba-blù è venuto da me.

Con. Con sua moglie?

Pop. Con Boulotte, e m' ha detto...

Con. Bisogna che muoia.

Pop. Lo sapevate ?

Con. Lo supponeva, poichè adesso...

Pop. Adesso ?

Con. È all' altare...

Pop. E sposa?

Con. Un' altra !

Pop. Orrore, orrore ! *(agita il tamburretto)*

Con. Sta cheto !

Pop. Obbedisco.

Con. Dimmi, perchè hai quel tamburrello ?

Pop. Un momento. Quella donna io non l'ho uccisa.

Con. Che dici mai !

Pop. Come non ho ucciso nessun'altra delle cinque mogli.

Con. Allora le mogli di Barba-blù ?..

Pop. Son vive, vive.

Con. E lui ?

Pop. Poligamo, orribilmente poligamo !

Con. E vuoi ?

Pop. Gettarmi ai piedi del re, e presentargli le sei sventurate.

Bon. Ai piedi del re?

Pop. Si, egli giudicherà Barba-blù.

Con. E chi giudicherà il re?

Cop. Che dite dunque ?

Con. A me, a me ! *(Popolani gli dà il tamburetto, egli lo agita, e poi lo rende)* Se tu hai dei rimorsi, anch' io tengo i miei.

Pop. Ma chi è che non ne ha ?

Con. Anch' io ho sulla coscienza....

Pop. Mi fate paura.

Con. Bisogna finirla. Prendi questa chiave. *(gliela dà)*

Pop. Bagnata di sangue.

Con. E perchè ?

Pop. Credevo....

Con. Avevi torto.. Entrerai in un gabinetto di cui questa chiave apre la porta.

Pop. E dove sta ?

Con. Lo troverai.

Pop. Bene.

Con. Vi troverai cinque uomini...

Pop. Orrore, orrore ! *(agita il tamburello)*

Con. Sta cheto.

Pop. Obbedisco.

Con. E dimmi perchè hai il tamburello.

Pop. Per poter penetrare...

Con. In questo palazzo...

Pop. Senza eccitare...

Con. Dei sospetti.

Pop. Ho detto alle sei d isgraziate di vestire un costume boemo.

Con. E ti sei anche tu travestito...

Pop. Da boemo.

Con. Comprendo. I cinque uomini...

Pop. Quali uomini ?

Con. Quelli del gabinetto.

Pop. Ah, molto bene.

Con. Tu li credi morti.

Pop. Mettetevi al mio posto...

Con. Con piacere. *(cambiano di posto)* Non sono morti.

Pop. Allora, tanto meglio !

Con. Tu dirai loro di seguirti, e ti porterai presso il vestiarista del palazzo.

Pop. E gli domanderò cinque costumi...

Con. Di boemi...

Pop. Ne era sicuro : ma consentiranno ?

Con. *(dandogli una carta)* Ecco l' ordine.

Pop. Ah, con questa carta... (*agita c. s.*) Ma..

Con. Cosa ti prende adesso ?

Pop. Una cosa mi affligge.

Con. Quale ?

Pop. Avrò sei boeme, e soli cinque boemi.

Con È vero, è vero! (*cade sul corpo di Safiro*)

Saf. (*getta un grido*) Ah !

Con. (*saltando*) Che avviene !

Saf (*alzandosi*) Sono io !

Pop. Non è dunque morto, mi pare !

Con. Pare anche a me.

Pop. Mi avevate ingannato !

Con. Non lo sapevo.

Saf. (*toccandosi*) No, non sono morto,

Con. Ferito almeno.

Saf. (*c. s.*) Ferito forse... No, non sono ferito!

Con. Caduto al certo...

Saf. Sì, caduto...

Con. L' emozione ?

Saf. Niente altro...

Con. Dunque siete salvo ?

Saf. Salvo !

A tre. Salvo ! Salvo. ! (*Popolani c. s.*) Orrore orrore !!...

Saf. Ma la principessa...

Con. Sta per isposare...

Saf. Ah, voglio impedire...(*per correre*)

Con. (*afferrandolo per un piede*) Ho qualche cosa di meglio a proporvi.

Saf. Che cosa?

Con. Seguite quest'uomo.

Saf. Per far che?

Con. Per vendicarvi.

Saf. Lo seguirò.

Con. (*a Popolani*) Mi hai capito?

Pop. Perfettamente: il sesto boemo...

Con. Sarà lui. Sai dove devi andare?...

Pop. Non lo so.

Con. Fra poco ti raggiungerò, e ti darò delle istruzioni più dettagliate.

Pop. Corriamo dunque. (*agita c. s. e via con Safir*)

Con. (*solo*) Ecco una partita fortemente impegnata. Dove arriveremo? Lo ignoro...ma non importa. Non sapendo io stesso dove andavo, sono arrivato a far salire gli altri. (*via*)

SCENA II.

Clementina, Ermia, Barba-blù, Bobéche, il **Conte**. Cortigiani, Dame e Paggi.

Coro.　　Imeneo! Imeneo!
O davver che bel dì! ecc.

Con. Ebbene, mio re, è tutto fatto?

Bob. Sì, e bisogna convenire che la cerimonia ha mancato in tutto e per tutto d'allegria. È tuttavia. guarda... (*mostra Clementina e sua figlia*)

Erm. Perduta, madre mia, perduta!

Cle. Figlia mia!

Bar. Ditemi una cosa Bobèche.

Bob. Che c'è?

Bar. Guardate un poco vostra moglie, e la mia. Tutta la corte le guarda, bisognerebbe fare il possibile di stornarne l'attenzione.

Bob. Ma come?

Bar. Come vi piacerà.

Con. Ci sarebbe forse un mezzo.

Bob. Quale? Parlate.

Con. È arrivata al palazzo una compagnia di boemi...

Bob. E che fanno cotesti boemi?

Con. Che volete che facciano? Ballano, cantano, e dicono la buona ventura.

Bob. Ho molto piacere di farmi dire la buona ventura: non vi credo; ma ne ho paura.

Con. Allora se V. M. permette...

Bob. Sì, falli venire.

Bar. E sbrigatevi.

Con. State sicuro, signore: ordinerò che vengano qui condotti. (via)

SCENA IV.
I precedenti.

Cle. (piano ad Ermia) Ascoltami, figlia mia. Va da tuo marito, e digli questa semplice parola: Mai. Egli comprenderà.

Erm. Ma io non capisco.

Cle. Lo credo bene... figlia mia, va...

Erm. (a Barba blù) Signore...

Bar. Dolcissima sposa...

Erm. Mai, mai, mai.

Bar. Come avete detto?

Erm. Ho detto mai, mai, mai!

Bar. Oh diavolo! Ditemi, Bobèche... Sappiate che vostra figlia mi ha detto: mai, mai, mai...

Bob. Ermia.

Erm. Papà.

Bob. Avvicinati. Chi è che ti ha detto di dire al signore quella parola?

Erm. Mammà.

Bob. Mentina.

Cle. Bobèche.

Bob. Come!... Siete stata voi!

Cle. Sì, e piacesse a Dio che fossi ancora in tempo di dirlo a voi.

Bob. Signora!

Cle. Ebbene?

Bob. Ah, se non mi frenassi...

Cle. Provatevi dunque...

Bob. Bisognerebbe sfidarmi.

Cle. Ebbene, vi sfido!

Bar. E la corte che vi guarda!

Bob. Per bacco. è vero! Riserbiamocelo per la scena intima..

Bar. Si, più tardi, in famiglia...(*rumore di tamburelli*)

Con. (*entrando*) Ecco i boemi!

SCENA V.

Popolani, Alvarez, Safiro, Boulotte, Eloisa, Isaura, Mosalla, Eleonora, Bianca, e quattro uomini in costume da boemi, e detti.

Coro dei Boemi.   Noi veniamo in quest'istante
            Da Boemia tutte quante...
        Su, sentite, o miei signor,
        Quanti sonvi qui cantor.

Coro.   Essi vengon saltellanti
            Da Boemia tutti quanti,
        Ascoltiamo noi, signor,
        Quanti sonvi qui cantor.

Bob.   Per poter la mia corte divertir,
        Una canzone d'amor vogliam sentir.

Bou.   Noi possediamo l'arte sublime,
            Noi, razza boema,
        In cor di leggere in sulle prime
            E senz'aver tema!
            Delle canzoni,
            Delle lezioni,
            Niente lasciate,
            Deh, ci ascoltate!
        Ogni mano, nella mia,
        Giuro che qualunque sia,
        Sull'istante ne saprà
        Più di quello che vorrà.
        Pianger vedremo quelli perfino
            Che allegri si stan.
        Se oggi si ride, vuole il destino
            Si pianga diman!

Tutti.   Se oggi si ride, vuole il destino
            Si pianga diman!

Bou.   Si trovan spesso in fondo ai cuori
            De'grandi misteri.
        E chi commise ben molti orrori,

Li crede non veri.
Però il destino,
Gran biricchino,
Con l'occhio aperto
Su lor sta allerto!
Ora armarsi ben conviene
Di coraggio, chi ne tiene,
Che all'istante si vedrà
Cosa mai non vista quà!
Pianger vedremo quelli perfino
Che allegri si stan!
Se oggi si ride, vuole il destino
Si pianga diman!

Coro. Se oggi si ride, vuole il destino
Si pianga diman!

Bob. Ed ora incominciamo senza perdita di tempo. La buona ventura, la buona ventura.

Bou. Ad alto signore il primo onore... La vostra mano, re Bobêche.

Bob. Eccola.

Bou. Quante dita ha questa mano ?

Bob. Quante dita ?

Bou. Sì, quante ?

Bob. Cinque.

Bou. Cinque ! Lo confessate ?

Bob. (*fra sè*) Incomincio ad aver paura , ma ciò non ostante, è cosa che m' interessa...

Bou. Cinque ! E se ogni volta che voi avete detto al Conte Oscar...

Bob. Conte Oscar...

Bou. « Quest' uomo deve morire » se ogni volta che avete detto ciò, vi fosse caduto un dito , ora voi sareste diabolicamente imbrogliato per tenere la vostra reale forchetta !

Bob. (*fra sè*) Questa donna...

Pop. A chi tocca adesso ?

Bou. (*a Barba-blu*) A voi, signore, se volete.

Bar. Non domando di meglio.

Bou. Avete un grazioso anello.

Bar. Semplice, ma di buon gusto...

Bou. Oh, Dio, c'è del sangue! Perchè?

Bar. Del sangue!

Bou. Non lo sapete? Ve lo dirò io. È perchè un'ora fa questo anello era al dito della sventurata Boulotte, che è morta avvelenata!

Bar. Strega!

Bou. Ecco la ragione di quel sangue.

Tutti. Orrore! Orrore!..... (*i boemi agitano con furore i tamburrelli*)

Bob. Ma che diavolo hanno?...

Bar. Bobéche, fateli cacciare...

Bou. Ah, incominciate ad aver paura? Avete ragione. perchè se vi sono de' morti che stanno bene, ci sono invece dei vivi che sono ammalati. (*pizzica Barba-blù*)

Bar. Ah!

Bou. Ed ora, giú le maschere! (*tutti si smascherano*)

Bar Esse!

Bob. Essi!

Le sei mogli. Mostro!

Bar. Le mie sei mogli!

Bob. Alvarez!

Alv. Che cosa vi avevo fatto io?

Cle. Ne avrete l'indennità.

Bob. Alvarez, e i suoi quattri predecessori!

Erm. (*vedendo Safiro*) Il mio pastore!

Saf. Mia principessa!

Bar. (*a Popolani*) Tu dunque non le uccidevi?

Pop. Lo vedete.

Bar. E che cosa facevi?

Pop. Le elettrizzavo.

Bar. Birbante!

Bob. (*al conte*) Tu non hai dunque eseguiti i miei ordini?

Con. No, sire.

Bob. E dove li nascondevi ?

Con. In casa di una mia cugina , ma poichè adesso ella si marita, capirete bene che non poteva tenerli in casa.

Bob. Perchè ? (a Barba-blù) Ma che faremo noi di tutta questa gente ?

Bar. E che ne so io ? Sette mogli ? Bisognerà forse che io le riprenda ?

Bob. E io ? Tutti quei signori dei quali mi credeva liberato... Che ne farò ?

Bou. Come v'imbrogliate presto ! Sette uomini, sette donne... numero eguale...

Bob. Numero eguale...

Bou. Ebbene, voi li mariterete tutti. Ogni cavaliere prenderà la mano della donna corrispondente, e la sposerà all' istante.

Bob. Sì, sì... Conte Oscar ?

Con. Sire.

Bob. Fate quanto ha detto costei.·

Con. Ci vuol poco. (*Bobèche e Clementina in un angolo a dritta si danno la mano, ed elevano le braccia*)

Coro.
    Idea ben strana
    E sovrumana...
    Originale...
    E ancor morale!

Con. (*presentando Safiro*)
    Primo signore.,

Pop. (*presenta Ermia*) E prima sposa...

Erm.   Io dono a voi...

Saf.   L'alma amorosa!

Con.   Voi l'accettate?

Erm.   L'accetto io, sì!

Bob.   Olà! Olà!
    Questo si sa...venite quà!

Coro.   Olà! Olà!
    Questo si sa...venite quà!

Con. (*presentando Alvarez*)
Signor secondo...
Pop.(*presentr. Elvira*) Seconda dama.
Con.   Voi l' accettate ?
Elv.   L'accetto io sì!
Bob.   Olà! olà !
Questo si sa... venite quà !
Tutti   Olà ! Olà !
Questo si sa,.. venite quà !
Con. (*presentando quattro uomini*)
Quattro signori.
Pop. (*presenta quattro donne*) E quattro donne.
Con.   Voi li accettate ?
Le donne.   Sì, l' accettiam !
Bob.   O'à ! O'à !
Questo si sa... venite quà !
Coro.   Olà ! Olà !
Questo si sa... venite quà !
Con. (*presentando Barba-blù*)
L' ultimo sire.
Pop. (*presenta Boulotte*) L' ultima donna!
Bar.   Ah, Boulotte, sarò buono...
Bou.   Or tu brami il mio perdono ?
Bar.   Sono in fondo un buon garzone.
Bou.   Tu se' un vile ed un briccone !
Bar.   Giuro d' esser bene amabile !
Bou.   E lo giuri, miserabile ?
Bar.   Io lo giuro !
Bou.   Tu lo giuri ?
Bar.   Quante volte ho da giurar ?
Bou.   Oh, l' uomo sodo !
Ecco in che modo
Mi ha saputo accaloppiar !
Bar,   Son contento immensamente
Che finisca allegramente.
Bou,   Ognun sa com' ei la pensa!
Bar.   Ognun sa come la penso...
Com' è allegro Barba-blù;
Alcun vedovo non fù !
Coro.   Com' è allegro Barba-blù
Alcun vedovo non fu !

FINE DELL' OPERA